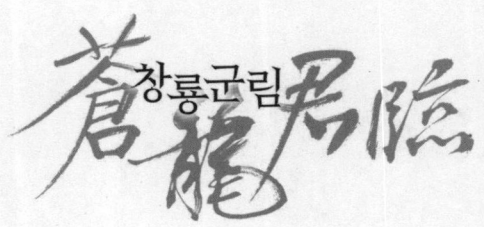

## 창룡군림 11

**초판 1쇄 발행 2024년 10월 28일**

지은이 ı 북미혼
발행인 ı 최원영
편집장 ı 이호준
편집디자인 ı 박민솔
영업 ı 김민원 조은걸

펴낸곳 ı ㈜ 디앤씨미디어
등록 ı 2002년 4월 25일 제20-260호
주소 ı 서울시 구로구 디지털로32길 30 코오롱디지털타워빌란트 1301-1308호
전화 ı 02-333-2513(대표)
팩시밀리 ı 02-333-2514
E-mail ı papy_dnc@dncmedia.co.kr
블로그 ı blog.naver.com/gnpdl7


ISBN 979-11-364-5652-6 04810
ISBN 979-11-364-5126-2 (SET)


※ 저자와 협의하여 인지는 붙이지 않습니다.
※ 이 책은 ㈜디앤씨미디어(파피루스)가 저작권자와의 계약에 따라 발행한 것으로 본사와 저자의 허락 없이는 어떠한 형태나 수단으로도 내용을 이용할 수 없습니다.

11

북미혼 신무협 장편소설

창룡군림

PAPYRUS ORIENTAL FANTASY

11

북미혼 신무협 장편소설

# 창룡군림

PAPYRUS ORIENTAL FANTASY

PAPYRUS
파피루스

1장 ·········································· 7

2장 ·········································· 35

3장 ·········································· 61

4장 ·········································· 77

5장 ·········································· 103

6장 ·········································· 143

7장 ·········································· 169

8장 ·········································· 195

9장 ·········································· 223

10장 ········································· 249

11장 ········································· 275

# 1장

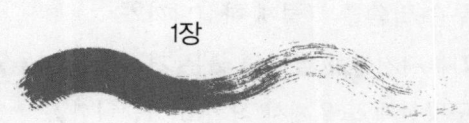

"아미타불! 언제 오셨습니까?"

"원시천존! 아침에 왔습니다. 대사님께서 오셨다는 말은 들었는데 이제야 뵙습니다."

소림사의 나한전주인 천효대사는 무당파의 장로인 송양진인을 정말 오랜만에 만났는지 아주 반갑게 인사를 했다.

"제황병 소문이 났을 때 뵀으니 벌써 이십 년이 넘게 흐른 것 같습니다."

"실체도 없는 제황병 때문에 당시에도 많은 사람이 죽었는데, 이젠 진짜 제황병이 나타났으니 큰일입니다."

"아미타불! 무림에 안 좋은 징조가 한꺼번에 밀려오는

것은 아닌지 본 사에서도 걱정이 많습니다."

"무슨 말씀을 그렇게 하십니까?"

그때 지저분한 몰골의 늙은 거지가 끼어들었다.

"구왕신개 도우께서 직접 오셨습니까?"

"어이쿠, 노개도 아직 죽지 않았습니다."

소림과 무당 그리고 개방까지 한 자리에 모이자 다른 문파들도 그 주위로 몰리기 시작했다. 어디나 세력이 강대한 쪽에 사람이 몰리는 것은 마찬가지였다.

천의문은 수백 명이 함께 모일 수 있는 큰 정청이 없어 만찬은 부엌에서 가까운 연무장에서 준비하고 있었다.

수십 개의 긴 식탁이 줄지어 놓였고 식탁 주위로는 의자들이 가지런히 놓였다. 보통 주인이 자리를 정해 주지 않을 경우 혼란이 일어날 수도 있었다.

그러나 몇몇 문파에서 서로 자리를 양보하는 모습이 나타나기도 했지만 대부분의 문파는 신기할 정도로 알아서 자신들의 자리를 찾아갔다.

정파에도 엄연한 서열이 있음을 보여 주는 모습이었다. 구파일방과 오대세가는 연단 앞자리를 자연스럽게 차지했고 그 뒤는 또 그다음 명성이 높은 문파가 차지하는 식이었다.

처음에는 반갑게 미소를 지으며 인사도 하고 덕담도 나

누던 무림인들의 표정이 본격적인 대화에 들어가면서 차츰 굳어지고 있었다.
 당장 계속 누군가의 습격으로 멸문하고 있는 정파에 대한 얘기부터 모두의 마음을 무겁게 하고 있었다.
 심상치 않은 현 무림 상황에 대해 대화를 나누던 군웅들의 화제가 결국 천의문으로 모이면서 창룡에 대한 얘기가 화두로 떠올랐다.
 "구왕 시주, 창룡 시주에 대해 아시는 것이 있습니까?"
 천효 대사의 질문에 구왕신개는 잠시 주위를 살피더니 조심스럽게 말을 꺼냈다.
 "사실 개방에서 창룡 대협을 만난 적이 있었습니다."
 "구왕 도우, 그게 정말입니까?"
 송양진인이 놀란 표정으로 반문했다. 거기에는 그런 중차대한 얘기를 자신들의 문파에 왜 알려 주지 않았느냐는 은근한 질책도 들어 있었다.
 "창룡 대협께서 저희를 만나면서 내걸은 조건 중 하나가 창방을 하기 전까지는 만남 자체를 비밀로 해 달라는 것이었습니다."
 "아미타불! ……창룡 시주는 정파라고 들었는데 어찌 저희들까지 비밀로 하라고 한 것입니까?"
 "아무래도 무림맹 때문이 아니겠습니까? 이번에 초대

장을 거의 보내지 않은 이유도 무림맹을 자극하지 않기 위해서가 아닐까 짐작하고 있습니다."

"무림맹을 자극하지 않기 위해서라면 천의문은 무림맹에 들어오지 않겠다는 뜻 아닙니까?"

"그럴 것 같습니다."

"들어오다가 동정어옹 정태삼 도우를 만났습니다."

"정 시주께서도 여기에 오셨다는 겁니까?"

"뜻밖에도 천의문의 수석 장로를 맡고 있다고 하시더군요."

"정 시주가 천의문의 문도라고요?"

"정 도우만이 아니라 동정삼옹 모두가 천의문에 입문했다고 하더군요."

동정삼옹은 무림 일에 관여를 하지 않아 큰 영향력은 없었지만, 백대고수에 이름을 올린 누구나 인정하는 대단한 무공과 양민들의 어려움을 돕는 협객의 삶을 살아온 원로로서 많은 무림인의 존경을 받고 있었다.

그런 그들이 수십 년의 철칙을 깨고 다 늦은 나이에 천의문에 입문했다는 것은 놀라운 일이 아닐 수 없었다.

"그래 뭐라고 하던가요?"

구왕신개의 반문에 송양진인은 심각한 표정으로 답했다.

"천의문은 천하의 정의를 지키고 협의를 솔선수범하기 위해 만들어졌다고 하더군요. 특히 양민들의 생활에 도움을 주는 정책을 펼칠 것이라고 했습니다."

"그거야 정파인들이 누구나 추구하는 것이니 다행이군요. 그런데 또 다른 얘기가 있었습니까?"

구왕신개는 송양진인의 표정에서 뭔가 껄끄러운 것이 있음을 느꼈다.

"단기적으로 우선 대무신가를 제거하는 데 총력을 기울일 생각이라고 했습니다. 그러면서 천의문이 무림맹과는 별도로 새로운 연맹을 만들 생각이라고 하더군요."

순간 끼어들지는 못하고 얘기를 듣기만 하던 모든 사람들의 표정이 급격하게 굳어졌다.

무림맹과 별도로 연맹을 만든다는 것은 무림맹의 입장에서 본다면 정파를 분열시키는 행동이라고 봐도 무방했다. 그리고 그것은 천의문이 세워진 이유에 대해 뭔가 저의가 있는 것은 아닌가 하는 의심을 주기에 충분했다.

"그런 얘기는 문주가 직접 모두에게 설명해도 오해를 받을 수 있는 사안인데 왜 먼저 꺼냈을까요?"

산에만 있던 천효대사와 송양진인과는 달리 강호에서 닳고 닳은 구왕신개는 다른 면에서 의아함을 느꼈다.

"오랜만에 만난 터라 반갑게 대화를 나눴습니다. 그런

다 보니 자신도 모르게 나온 말이 아닐까요?"

 구왕신개의 말을 들은 송양진인도 뭔가 이상함을 느꼈지만 우선 우연으로 치부하기로 했다.

 "동정어옹께서는 아주 신중한 분이지요. 그런 분이 실수로 그런 말을 했을리 없습니다. 설사 그렇다 해도 진인께 문주님께서 직접 말씀하실 때까지는 비밀로 해 달라고 했어야 합니다."

 문파의 존폐를 좌우할 정도로 큰 일을 문파의 수장이 얘기하기도 전에 먼저 말한다는 것은 그들 문파에서는 상상할 수 없는 일이었다.

 "아미타불…… 그럼 구왕 시주님께서는 정 시주께서 일부러 그 얘기를 꺼냈다고 생각하십니까?"

 "정말 그랬다면 문주께 듣고 충격을 받기 전에 먼저 알고 마음의 준비를 하라는 의미겠지요."

 "그 말은 연맹을 진짜 만들 생각이라는 것이군요?"

 "제가 끼어들어도 될지 모르겠습니다만 연맹을 맺는다면 그 계획에 호응하는 문파가 있어야 되지 않겠습니까?"

 창방이야 무인들을 끌어모으면 할 수 있지만 연맹체는 다른 문파와 협의가 있어야만 가능했다. 천의문의 문주인 창룡이 아무리 지금 천하를 들썩거릴 정도로 명성이 높다고는 하지만 정파 중에서 어느 문파가 연맹체에 가

입할지는 미지수였다.

　물론 작은 군소문파는 천하제일에 가장 가깝다 알려진 창룡이 수장으로 있는 천의문과 연맹을 맺는다면 혹해서 달려올 수도 있었다. 하지만 창룡이 힘도 없는 작은 문파와 굳이 연맹을 맺을 이유가 있을까?

　동정삼옹 같은 이름난 고수를 문도로 영입하는 것이 더 나은 선택임은 분명했다.

　종남파의 종남삼검으로 불리는 오광현의 말에 모두는 그럴 듯하다고 느낀 듯 고개를 끄덕였다.

　그때, 큰 북소리와 함께 누군가의 목소리가 장내에 울려 퍼졌다.

"문주님께서 오십니다!"

　모두는 자리에서 일어나 한쪽 방향을 향해 시선을 보냈다.

　그곳에는 아주 잘생긴 청년 한 명이 여러 명의 노인들의 호위를 받으며 걸어오고 있었다.

　드디어 소문으로만 듣던 창룡의 본모습을 본다는 기대로 모두는 설레는 표정이 역력했다. 그리고 그 표정은 곧 감탄으로 바뀌고 있었다.

　무공을 배웠는지조차 감지할 수 없을 정도로 평범하게 나타난 청년을 본 모두는 훤칠하니 매우 잘생겼다는 첫 인상을 받았다.

그러나 그가 한 걸음 한 걸음 장내로 들어서면서 이해할 수 없는 위압감이 느껴지기 시작했다.

이미 창룡의 무공이 대단히 높다는 것은 모두가 알고 있는 사실이었으니 위압감을 느끼는 것이 이상할 이유는 없었다.

강한 무공을 지닌 무림인이 자신의 내기를 발산하여 위압감을 느끼게 만드는 경우는 비일비재하기 때문이었다.

하나, 그들이 모두 감탄하게 된 것은 진무성의 몸에서 풍기는 위압감이 내공에서 나타나는 것이 아니라 자체에서 풍기는 기도에 의한 것이라는 점때문이었다.

'저런 기도를 맹주님 말고는 본 적이 없었는데?'

'저 젊은 나이에 저런 기도를 보이다니 소문이 과장된 것이 아니었구나…….'

군웅들은 각자 마음속으로 진무성에 대해 판단을 하기 시작했다.

물론 모두 감탄만 하는 것은 아니었다. 어디나 삐딱하게 보는 사람은 존재했고 정파의 중진들이라고 예외는 아니었다.

'정종 무공을 통해 수련했다면 이룰 수 없는 경지야……정말 정파가 맞긴 맞는 거야?'

진무성의 보이는 기도를 의구심 가득한 표정으로 보는 사람도 있었던 것이다.

식탁의 맨 앞 자리에 준비된 연단에 오른 진무성은 모두를 향해 포권을 하며 인사를 시작했다.

"무림의 원로 선배님들을 이렇게 모시게 되어 영광입니다. 저는 천의문의 문주인 진무성입니다."

그의 이름을 듣자 군웅들 사이에 술렁임이 나타났다. 뭔가 반전이 있을지도 모른다는 기대와는 달리 진무성이라는 이름이 너무 생소했기 때문이었다.

"진 문주께서 창룡 대협 본인이 맞으십니까?"

창방식에 와서 문주라고 직접 인사를 하는 사람에게 본인이 맞냐고 묻는 것은 척을 질 수도 있는 큰 결례였지만 결국 누군가가 참지 못하고 물었.

"무림에서 제게 창룡이라는 과분한 명호를 붙여 주셨더군요. 감사할 따름이지요."

진무성이 이 많은 무림 문파의 간부들이 모인 자리에서 자신이 창룡이라고 직접 언급한 이상 거짓일 리는 거의 없었다.

"문주님께서 저희를 위해 이렇게 성대한 잔치까지 열어 주시니 감사는 저희가 해야겠지요."

진무성의 아는 남궁세가의 남궁백준이 급히 나서 어색

한 상황을 무마했다.

"제가 오늘 이런 자리를 마련한 것은 창방식 전에 천의문을 제가 만든 이유에 대해 알려 드리는 자리를 만들고자 함입니다. 많은 선배님들께서 제가 천의문을 갑자기 만든 것에 대해 여러 의구심을 품고 있다는 것을 알고 있습니다. 그래서 모든 오해를 불식하고 여러분들께 본 문이 행하는 일에 협조를 바라는 마음도 담았습니다."

젊은 나이에 천하제일에 가장 가까운 고수라는 말을 들을 정도면 어느 정도 교만한 것은 당연했다. 거기다 창룡이 지금까지 벌인 사건들을 보면 매우 과격한 인물이랄 거라는 선입견도 가지고 있었다.

하지만 지금 보이는 진무성의 모습은 모든 사람의 예상을 벗어난 것이었다. 우선 매우 겸손했고 말 속에는 진정성도 보였다. 당연히 좋아해야 할 군웅들의 표정은 이상하게 무거웠다.

진무성의 마지막 말 때문이었다.

-본문이 하는 일에 협조를 바라는 마음도 담았습니다.-

다른 사람이 했다면 인사말 속에 그냥 빈말로 끼워 넣

은 것으로 받아들일 수도 있었다.

하지만 진무성이 새로이 연맹을 만들지도 모른다는 말을 이미 들은 그들이었다.

대부분 무림맹 소속인 그들로서는 진무성의 말이 큰 부담으로 다가올 수밖에 없었다.

"우선 인사는 이 정도로 끝내고 식사부터 하신 후, 허심탄회하게 대화를 이어 나가도록 하겠습니다."

진무성이 다음 말이 끝나자, 기다렸다는 듯이 음식들이 나오기 시작했다.

\* \* \*

[사현악, 아무래도 이상하다. 이 시각까지 초인들과 연락이 안 된다. 혹시 들킨 것 아닐까?]

철마종의 전음에 독마종은 말도 안 된다는 표정으로 반박했다.

[설사덕이나 손중화가 우리 보다 약하다고 해서 여기 모인 놈들보다 약할 거라고 생각하냐? 그들을 죽일 사람은 여기에 창룡 그놈 한 놈밖에 없다. 그리고 무슨 일이 벌어졌다면 이미 이곳이 발칵 뒤집혀야 맞지 않겠냐?]

구 단계 초인이 두 명에 팔 단계 초인이 다섯 명이었

다. 정체가 밝혀졌다 해도 이렇게 조용히 당할 그들이 아니었다.

독마종의 말에 철마종도 인정하다는 듯 고개를 끄덕였다. 하지만 여전히 의아한 것을 막을 수는 없었다.

독을 푸는 데는 사실 물보다는 술이 더 나았다. 후각과 미각이 뛰어난 자들도 술의 향기와 톡 쏘는 맛 때문에 독의 유무를 알아내기 어렵기 때문이었다.

하나, 문제는 정파 무림인들 중에는 생각외로 술을 마시지 않는 사람도 꽤 많다는 것이었다. 특히 이런 여러 문파 사람이 만나는 자리에는 배분이 높은 선배들의 앞에서 마시는 것이 예의에 어긋날 수도 있었고, 만약을 염려하여 술을 아예 마시지 말라는 명을 듣고 오는 경우도 많았다.

하지만 물로 끓이는 차의 경우는 식사 중 모두가 무조건 마셨다.

우물이 적지(適地)로 꼽힌 이유였다.

[오늘 독을 푸는 계획은 우선 미루자. 모두 안전한지부터 확인한 후에 실행하는 것이 좋을 것 같다.]

[이미 음식이 들어가고 있다. 우물에 가서 손만 한번 휘두르고 오면 되는데 뭘 그렇게 걱정을 하냐?]

독마종의 말에 철마종도 자신이 이러는 이유를 확실하

게 말하지 못했다.

* * *

만찬이 시작되자 딱딱하던 분위기는 많이 부드러워지기 시작했다.

친분이 만들려면 음식과 술이 가장 빠른 길이라는 말이 딱 들어맞는 순간이었다.

진무성은 직접 원로들에게 다가가 술을 따라 주기도 했다.

예전의 진무성이라면 절대 하지 못할 행동이었던 만큼, 지금의 진무성은 많이 달라져 있었다.

"하하하! 이 늙은 거지가 지금 아니면 진 문주 같이 떠오르는 영웅에게 어찌 잔을 받아 보는 영광을 얻겠습니까? 이왕 받은 김에 한 잔만 더 따라 주시겠습니까?"

술을 제일 먼저 받아먹은 구왕신개는 너스레를 한 번 떨고는 한 잔 더 달라며 잔을 내밀었다.

진무성을 직접 본 것은 오늘이 처음이지만 구룡신개에게 계속 들어서인지 스스럼없는 행동이 자연스럽게 나타났다.

구룡신개는 진무성이 여간한 행동이나 말로는 화를 내

지 않고 매우 겸손하고 부드러운 사람이라고 평을 했었다.

"구왕 선배님께서 술이 필요하시면 언제든지 본 문에 찾아오십시오."

진무성도 술을 따라 주며 맞장구를 쳐 주었다. 그러자 송양진인도 조금 긴장이 풀렸는지 조심스럽게 물었다.

"원시천존! 빈도는 무당에서 장로를 맡고 있는 송양이라고 합니다. 혹시 질문을 드려도 결례가 되지는 않겠습니까?"

"오늘 만찬 자리를 만든 것은 창방식 때는 바빠서 제대로 된 대화를 못 하지 않을까 싶어서입니다. 허심탄회하게 궁금한 점이 있으시면 뭐든 물으십시오."

진무성이 흔쾌히 답하자 화가애애하게 대화를 나누던 모두는 하던 대화들을 멈추고 귀를 쫑긋했다.

"진 문주께서는 대무신가가 천년마교라는 소문을 믿으십니까?"

"전 그것을 소문이 아니라 사실이라고 확신하고 있습니다. 정파에서 아직도 믿지 않고 소문이라고 치부하고 계신다면 지금이라도 생각을 바꾸시고 그들의 공격에 대비를 하셔야 한다고 생각합니다."

"아미타불! 빈승은 소림사의 천효라고 합니다. 정파에

서 그 소문을 믿지 않는 것이 아니라 신중을 기하고 함입니다."

"이미 정파들이 계속 멸문하고 있습니다. 이미 그들의 칼날이 목까지 다다랐는데 신중을 기할 시간이 있다고 생각하십니까?"

"아직 정파를 해치고 있는 세력이 대무신가라는 증거가 확실치가 않습니다. 혹 맞다하여도 정파에서 대비를 한다면 모든 문파가 전시 체제를 갖추어야 합니다. 사파나 마도에서는 정파에서 전시 체제로 돌입한 것을 그들에 대한 공격으로 받아들일 것입니다. 황실 역시 역모에 대비한다는 명분으로 무림을 압박할 것입니다. 그런데 마교가 아니라고 판명이라도 된다면 그 후과는 진 문주님의 생각보다 더 큰 문제를 발생시킬 것입니다."

"압니다. 그래서 다른 정파에서 준비를 하건 안 하건 전 상관하지 않습니다. 그것이 제가 천의문을 세운 이유이기도 합니다. 최소한 저희 천의문, 한 문파라도 대비를 하고 있어야 하지 않겠습니까?"

진무성의 대답은 간단했다.

난 그런 문제로 논란을 만들고 싶지 않다. 당신들은 당신들 생각대로 해라. 대신 난 내 방식대로 하겠다.

너무 단호하면서도 간결하게 자신의 뜻을 밝히자 모두

의 표정에는 놀람과 감탄이 절로 나타났다.
 "진 문주님께서 그렇게 확고하게 대무신가를 마교라고 생각하신다면 무림맹에 들어와 그 뜻을 모든 문파에게 밝히고 모두의 힘을 하나로 모으는 것이 좋지 않겠습니까?"
 "그것도 하나의 방법이겠지요. 하지만 무림맹이 제 뜻을 받아들이지 않는다면 어떻게 하지요? 저까지 무림맹의 뜻을 따라 아무 행동도 하지 않고 있어야 될까요?"
 진무성의 말에 모두는 즉답을 하지 못했다. 자신의 뜻이 받아들여지지 않을 경우까지 이미 생각을 하고 있다는 것을 직감했기 때문이었다.
 여기서 반박을 한다면 분위기는 완전히 망쳐 버리게 될 것이 분명했다.
 그때 진무성의 눈이 반짝했다.
 '혹시 안 오면 어쩌나 했는데 다행히 때맞춰 나타났구나.'
 예상대로 누군가 우물가에 모습을 드러낸 것이었다. 그는 우물가에 진법을 하나 펼쳐 놓았다. 공격진도 아니고 방어진도 아니었다. 하지만 누군가 침입을 한다면 진에 변화가 생기면서 그 움직임을 진무성이 감지할 수 있었다.

'움직임이…… 마종이다!'

우물에 다가간 자가 어떤 자인지 알아보기 위해 내공을 끌어올린 진무성은 그의 몸에서 풍기는 마기가 구마종들과 비슷하다는 것을 감지하자 마종이 분명하다고 판단했다.

진무성이 갑자기 말을 멈추자 모두는 의아한 표정을 짓던 모두의 얼굴이 굳어졌다. 진무성이 내공을 올리자 주위 공기가 확 변하는 것을 느꼈기 때문이었다.

"무슨 일이 있습니까?"

구왕신개는 즉각 뭔가 이상이 생겼다는 것을 직감하고 물었다.

"대무신가에서 천의문이 창방식을 하는 것을 그냥 두고 볼 생각이 없는 모양입니다. 이와 이렇게 된 이상 모두 같이 가서 그들의 실체를 직접 보시는 것도 괜찮을 것 같습니다. 우물가로 오십시오."

말이 끝나기가 무섭게 진무성이 사라졌지만 아무도 뒤를 따르는 사람은 없었다. 놀랍게도 진무성이 어디로 갔는지 아무도 눈치를 채지 못한 것이다.

"저를 따라오십시오."

그때 벽력신권 장광이 나서더니 몸을 날렸다. 그러자 갑작스러운 상황에 곤혹스러운 표정을 짓던 모두는 그제야 그의 뒤를 따라 몸을 날렸다.
 하지만 모두의 얼굴에는 씁쓸한 표정이 나타났다. 바로 앞에서 사라진 진무성이 어디로 갔는지조차 알아내지 못했다는 것에 알게 모르게 충격을 받았기 때문이었다.

　　　　　　　＊　＊　＊

 우물을 지키던 네 명의 경계 무사들을 가벼운 손짓으로 기절을 시킨 독마종은 비소를 지으며 우물로 다가갔다.
 기절을 시킨 자들은 곧 정신이 들겠지만 기절했었다는 것조차 모를 것이었다.
 우물에 도착한 그는 시커먼 우물 속을 바라보며 회심의 미소를 지으며 손을 뻗었다.
 "쯧! 쯧! 사람이 마실 물에 장난을 치면 안 되지요."
 이제 독을 풀기만 하면 끝나는 상황이었다. 그러나 그는 독을 풀수 없었다. 그의 귀를 찌르는 엄청난 살기를 느꼈기 때문이었다.
 후다닥 몸을 돌린 그는 우선 몸을 피하기로 했다. 정면 충돌은 최대한 피하라는 사공무경의 지시를 따르기 위해서였다.
 하지만 간신히 잡은 적을 그대로 보내 줄 진무성이 아

니었다.

핑!

허공을 가르는 파공음과 함께 암기 하나가 독마종의 등을 향해 날아갔다. 빠른 것도 놀라울 정도였지만 그 위력이 엄청나 독마종은 결국 도망을 포기하고 몸을 돌려 암기를 쳐낼 수밖에 없었다.

'동전……?'

독마종은 암기가 고작 동전이라는 것을 알자 얼굴이 굳어졌다.

귀가에서 죽은 자들의 사인이 동전과 비슷한 모양의 암기라고 들었기 때문이었다.

"네놈이 귀가에서 제자들을 죽인 놈이구나?"

대무신가에서는 아직도 동전을 암기로 사용하는 놈이 누구인지에 대해 분석 중이었다.

정운은 창귀의 짓일 확률을 가장 높게 보았지만 창과 암기는 수련 방법이 너무 달라 다른 사람일 수도 있다는 의견도 많이 나왔었다.

그런데 드디어 그 범인이 나타난 것이었다.

"귀가 얘기를 꺼내는 것을 보니 대무신가에서 오셨나 봅니다. 그럼 만찬에 오셔서 용건을 얘기하셔야지 여기서 뭐하시는 겁니까?"

너무 태연하게 말하는 진무성을 보며 독마종은 의아한 표정으로 반문했다.

"혹시 내가 여기에 올 것을 이미 알고 있었더냐?"

그는 너무 적시에 진무성이 나타난 것이 심히 이상했다. 하지만 오늘 우물에 독약을 푸는 계획은 즉흥적으로 나온 것이었고 아는 사람도 그와 철마종뿐이었다.

"안다기보다는 유인했다고 해 두지요."

"유인? 본 종이 너의 유인 따위에 걸렸다는 말이냐?"

"만찬을 열었으니 절호의 기회라고 생각하지 않으셨습니까? 물론 안 나타났다고 해도 상관은 없었습니다. 똑똑하다는 증거니까요."

진무성의 말에 독마종의 눈에 살기가 끓어 올랐다. 한마디로 똑똑하지 못해서 나타났다는 말이 아니겠는가…….

'이건 또 뭐야?'

독마종은 그들을 향해 달려오는 수백 명의 인기척을 느끼자 검미를 찌푸리며 주위를 둘러보았다.

그리고 곧 이백 명이 넘는 사람들이 그들을 포위하듯 주위에 떨어져 내렸다.

벽력신권을 따라온 정파인들이었다.

'이건 또 무슨 상황이야?'

갑자기 나타난 군웅들을 본 독마종은 어리둥절한 표정을 지었다. 그리고 곧 대로한 듯 입에서 독기를 풀풀 내뱉기 시작했다.

진무성이 자신을 구경시키기 위해 사람들을 불러 모아 놓고 기다렸다는 것을 눈치챈 것이다.

"이것도 네놈의 계획의 일환이었더냐?"

"이렇게 될 것까지 예측할 수 있다면 그게 신이지 사람이겠습니까? 제가 알기로 대무신가의 가주야말로 신으로 군림하는 것 같던데요?"

"감히 너 따위가 입에 담을 분이 아니시다."

"대무신가에서 요새 자꾸 정파를 공격해 몰살을 시키던데 이유가 뭡니까?"

"사람 죽이는 데 이유가 있어야 하는 거냐? 대무신가에서 무림인들에게 경고를 하는 것이다. 이제 겨우 시작일 뿐이다. 곧 세상은 공포가 무엇인지 확실하게 알게 될 게다."

독마종은 너무도 자연스러운 진무성의 질문에 다 알고 있다고 판단한 듯 술술 답을 해 주었다. 물론 진무성은 대무신가의 짓이라고 이미 판단을 끝냈지만 아직 판단을 유보하고 있던 정파인들에게 그의 대답은 경악할 일이었다.

설마하던 정파에 대한 학살의 범인이 대무신가라는 것을 스스로 자복한 것이나 마찬가지였기 때문이었다.

 진무성은 정파인들에게 대무신가에 대한 경각심을 확실하게 각인시키겠다는 자신의 계획이 성공하자 회심의 미소를 지으며 말했다.

 "그럼 이제 죽을 준비를 하셔야지요?"

 주위를 한 번 둘러본 독마종은 비릿한 미소를 지으며 말했다.

 "죽을 준비? 지금 사람 수가 많다고 너희들이 유리할 거라고 생각하고 있는 거냐? 하하하! 나야말로 한 명 한 명 죽이기 귀찮았는데 이렇게 몰려와 주니 오히려 고맙구나."

 사실 독마종에게는 상대의 수는 그리 큰 문제가 아니었다. 한 명이나 수백 명이나 독강의 범위 안에 있는 자들은 죽는 것은 매한가지이기 때문이었다.

 "무량수불! 대무신가가 마교의 잔당이라는 소문이 사실이냐?"

 보고 있던 화산파의 태운자가 분노를 참지 못하고 소리쳤다. 이번에 멸문한 정파 중 한 곳이 화산파의 속가문이었기 때문이었다.

 "너희는 알 필요 없다."

독마종이 차갑게 말하자 진무성이 대신 설명했다.

"대무신가에서 천의문의 창방식을 축하기 위해 보낸 마교의 구마종 중 독마종이 이자입니다."

'저, 저놈이 내가 독마종인 것을 어떻게 알고 있는 거지?'

독마종이라는 말에 주위에 몰려든 군웅들도 경악을 했지만 놀라기는 독마종 역시 마찬가지였다.

그가 강호에 나온 것이 처음이었기 때문이었다.

"도대체 네놈의 정체가 뭐냐? 본 종이 독마종인 것을 어떻게 안 거냐?"

"아무리 급해도 질문은 하나씩 해야지 동시에 두 개를 물으면 어떻게 답을 하겠습니까? 무엇부터 답해 드릴까?"

"이놈이 감히!"

진무성의 말이 자신을 조롱한다고 느낀 독마종의 몸에서 살기가 점점 짙어졌다.

그때 독마종의 귀에 철마종의 전음이 들려왔다.

[사현악, 감정적으로 행동할 때가 아니다. 지금 상황이 너무 불리하다. 초인들도 아무도 연락이 안 된다. 천의문에서 이미 우리를 파악하고 함정에 빠뜨린 것 같다.]

[그래서 어쩌라고? 정말 그랬다면 여기서 내가 모조리

죽여 버리면 된다.]

[네가 독마종이라는 것까지 이미 알고 있다면 독에 대해서도 대처할 준비가 되어 있을 거다. 오른쪽 방향으로 독강을 쏟아 내라 그러면 내가 왼쪽을 공격하겠다. 그럼 이놈들이 혼란에 빠져 우왕좌왕할 게다. 그때 넌 그곳을 빠져 나와라. 나 역시 기습을 하고 그냥 이곳을 떠날 거다.]

빠르게 전음을 나눈 독마종은 모른 척 반문했다.

"네놈의 정체부터 말해 봐라."

"질문에는 상호간에 합의가 필요한 법이지요. 제가 알려 드리면 독마종께서는 뭘 주시겠습니까?"

"뭘 달라는 것이냐?"

"대무신가가 어디에 있는지 그것을 알려 주시면 저도 대답을 해 드리지요."

"미친놈!"

어차피 대화는 연막이었던 그는 몸을 획돌리더니 오른쪽을 향해 몸을 날리며 독강을 뿌렸다.

독을 함유한 강기는 닿는 모든 것을 중독시키는 독공의 최고 절기였다.

하나 뭔가가 잘못됐다는 것을 그는 공격을 하자마자 직감했다.

그는 매우 중요한 한 가지 사실을 간과한 것이 있었다.
진무성이 전음을 듣는다는 사실을 그들은 모르고 있었다.

## 2장

 독강을 공격하던 독마종은 분명 왼쪽에 서 있던 진무성이 어느새 자신의 앞을 막고 있자 위기감을 느꼈다. 자신의 공격 지점을 알아챘다는 것은 반격까지 염두에 두고 있음이 분명했기 때문이었다.
 하지만 그가 진짜 놀란 이유는 바로 진무성의 손에 잡혀 있는 창이었다.
 사공무경이 절대 싸우지 말라고 한 창귀가 분명했기 때문이었다.
 '정운의 말이 맞았어. 저놈이 창귀였구나. 아무리 네놈의 무공이 높다 해도 난 독마종이다!'
 독마종은 한혈마독강을 뿌렸다. 그의 삼대 절기 중 하

나였다.

 검은 실선이 보이는 붉은 강기가 진무성을 향해 그대로 쏘아 갔다. 아니 덮쳐 갔다는 표현이 맞았다. 대부분의 강기 공격은 상대를 향해 최대한 공격 범위를 좁혀 힘을 집중시켰다. 하지만 독공은 특이하게 마치 분산하듯 퍼져서 공격을 했다.

 독공의 특성상 독을 퍼뜨리기 쉽게 발전을 해 온 탓이었다. 하지만 독공의 장점인 그것이 독공의 고수가 천하제일 고수로 불린 적이 없는 최대 단점이기도 했다.

 독이 통하지 않는 만독불침의 고수나 독을 억누를 수 있는 내공을 지닌 고수에게 허무하게 죽는 경우가 허다했기 때문이었다.

 펑!

 진무성의 창은 독강기를 막는 것에는 취약점이 있었다. 물론 독마종을 공격하려면 얼마든지 가능했지만 이곳의 주인으로서 자신의 등 뒤에 있는 정파인들이 독에 당하지 않게 보호해야 할 의무가 그에게 있었기 때문이었기 때문이었다.

 진무성은 공격을 포기하고 창을 모로 세워 바람개비처럼 돌렸다. 진무성 역시 반탄강기를 넓게 퍼뜨려 독강기를 막은 것이다.

"독이다!"

"호흡을 멈춰라!"

진무성의 방어로 한혈마독강의 지독한 독기를 대부분 막았지만 그래도 일부는 뒤쪽까지 퍼졌는지 중독 증상을 일으키는 무림인들이 속출했다.

심지어 그것은 시작에 불과했다.

펑! 펑! 펑!

왼쪽에서 철마종의 공격이 시작된 것이다.

이미 진무성의 전음을 받고 준비를 하고 있었던 사람들은 공격과 동시에 각자의 절기로 맞받아쳤다. 진무성이 절대 머뭇거리지말고 전력을 다하라고 당부를 했기 때문이었다.

그리고 그들은 단 한 번의 격돌로 왜 진무성이 전력이란 말을 강조했는지를 알 수 있었다.

철마종을 상대한 사람들은 천효대사와 송양진인을 비롯한 정파인 중에 가장 무공이 강한 다섯 명이었다. 그런데 그들이 오히려 한 명에게 밀려 버린 것이다.

심지어 남궁백준은 내상을 입었는지 입가에 핏줄기가 그려질 정도였다.

상황을 파악한 다른 정파인들도 급히 철마종을 향해 공격을 시작했지만 그의 일장에 그대로 밀려나고 있을 뿐이었다.

 철마종이 그의 진신 무기인 언월도를 아직 빼지도 않았음에도 밀리는 모습에 진무성의 오히려 다급해졌다.

 '좀 더 빨리 오라고 했어야 했나? 이러다간 정말 큰 일 나겠네…….'

 진무성은 백리령하와 곽청비 그리고 단목환에서 우선 참석한 정파의 명숙들과 먼저 대화를 하고 싶다는 핑계로 만찬에 조금 늦게 와 달라고 부탁을 했었다.

 본심은 그들이 구마종과 직접 상대를 하도록 하여 대무신가가 얼마나 위험한 조직인지를 알려 경각심을 주려고 만든 계획이었지만, 진무성도 간과한 것이 있었다.

 정파인들의 무공을 너무 높게 평가했던 것이다.

 독마종을 빨리 제거해야 했지만 그것도 그의 계획과는 달리 흘러가고 있었다. 독마종의 독이 예상외로 너무 독했기 때문이었다.

 다른 사람들을 보호하기 위해 내공을 분산하고 공격보다 방어에 더 치중했음에도 계속적으로 독에 중독된 사람들이 많아지면서 결정적인 공격을 날리지 못하고 있었다.

 그때, 예리한 검강이 철마종을 향해 떨어졌다.

 타타탕!

공격을 하고 빠져나갈 생각을 했던 철마종은 마치 기다렸다는 듯이 정파인들이 자신의 공격을 받아 내고 오히려 포위까지 당하자 결국 언월도를 꺼내 들고 말았다.
 독마종이 진무성에게 잡혀 빠져나가지 못한 것도 그가 남을 수밖에 없었던 이유였다.
 단지 장법만으로도 군웅들을 압도하던 철마종의 기세를 막아 낸 검강의 주인은 바로 검각의 검주 곽청비였다.
 그녀의 합세로 밀리던 전황이 우세까지는 못 돼도 균형을 맞춰 나가자 정파인들은 그녀를 놀란 눈으로 쳐다보았다.
 이렇게 강한 여협에 대해서 들은 적이 없었기 때문이었다. 그때 누군가의 목소리가 들려왔다.
 "검각의 무공이다. 검각이 나타났어!"
 정파인의 자부심과도 같은 검각이 등장했다는 말은 모두의 사기를 올리기에 충분했다.
 "감히 남의 창방식까지 나타나 피해를 입히다니 정말 예의라고는 하나도 없는 놈들이구나!"
 마지막으로 남은 팔 단계 초인들을 처치하고 오느라 늦은 백리령하와 단목환까지 합세하면서 완연하게 철마종이 밀리기 시작했다.
 '다행이구나 좀 늦기는 했어도 이 정도면 대충 적당한

것 같군.'

 백리령하 등이 합세하며 철마종 쪽에 대한 걱정을 덜은 진무성은 창을 거뒀다.

 지금 같이 치열한 상황에서 자신의 진신무기를 거두다니…….

 하지만 진무성에게는 이미 독마종을 만난다면 어찌 상대할지를 계획한 것이 있었다. 물론 그 생각은 보통 무림인들이라면 절대 하지 않을 계획이었다.

 '이놈이 오만함이 하늘을 찌르는구나!'

 독마종은 진무성이 자신의 장을 향해 장을 뻗자 속으로 쾌재를 부르며 그대로 장을 마주쳐 갔다.

 강기가 스쳐만 가도 중독을 시킬정도로 강력한 독을 몸에 지니고 있는 그였다. 사람은 둘째치고 그의 강기가 스친 나무들은 순식간에 말라 죽었고 직접 강기에 맞은 땅은 검은 물을 토해 내며 녹아내릴 정도였다.

 그런 그의 장에 직접 맞닿는다는 것은 자살을 하려는 행동으로 보일 뿐이었다.

 양 장이 찰싹 맞붙자 진무성의 손은 순식간에 검게 변해 버렸다. 그리고 곧 팔목까지 검게 변해 갔다.

 진무성의 내공을 생각한다면 그의 독이 얼마나 지독하고 빠르게 퍼지는지를 알 수 있는 모습이었다.

심지어 검게 변한 피부에 닿은 옷들이 녹아내릴 정도였다.

진무성도 자신의 장심을 통해 느껴지는 강력한 고통과 타는 듯한 느낌에 순간 당황했었다.

그가 이런 무모한 계획을 실행할 수 있었던 것은 만년천지음양과를 믿었기 때문이었다. 아니 정확히는 마노야의 지식을 믿었다는 것이 맞았다.

마노야의 지식에는 분명 독마종의 독을 천극혈성마공으로 모두 흡수하면 진무성도 독마종 같은 독공을 펼칠 수 있다고 되어 있었다.

다만 보통 사람들은 독마종 같은 독인의 독을 단숨에 흡수할 경우 신체가 견디지 못하고 녹아내릴 수 있지만 만년천지음양과를 섭취한 진무성은 만독이 불침하기 때문에 가능하다고 했다.

그런데 막상 느낀 첫 생각은 당황이었다.

'이미 늦었어. 이젠 무조건 밀고 나간다.'

진무성의 몸에 검붉은 기가 엷게 서리기 시작했다. 천극혈성마공의 수위가 점점 높아지기 시작한 것이다.

진무성이 중독이 되어 가는 것을 보며 회심의 미소를 짓고 있던 독마종의 얼굴이 급변하는데 걸린 시간은 그리 길지 않았다. 진무성을 죽이기 위해 독을 주입하던 그는 뭔가 이상함을 느꼈다.

 그는 자신의 몸 안에 축척된 모든 독을 마음대로 조합하여 용도에 맞는 독을 만들어 낼 수 있었고, 방출의 양도 조절이 가능했다.

 그런데 진무성에게 주입하는 독의 양이 너무 빠르게 늘어나고 있음을 느낀 것이다.

 '이, 이게 뭐지? 설마…… 흡성마공? 아니, 흡성마공이라해도 기를 빨아들이는 것은 몰라도 독을 어떻게?'

 독마종은 자신의 독이 진무성에 의해 빨리고 있음을 느꼈다. 그는 급히 장을 떼려고 했다.

 하지만 그의 장은 진무성과 원래 한 몸인 듯 떨어질 생각을 하지 않았다.

 그는 급한대로 각술을 펼쳤다. 그의 두 발이 빠르게 진무성의 하체와 배를 공격했다. 그러나 곧 그의 얼굴이 고통으로 일그러졌다.

 진무성을 공격한 그의 발에 무수한 구멍이 나며 피가 철철 흘러나왔다. 놀랍게도 조화신병이 살아 있는 듯 짧은 창으로 변해 공격해 오는 그의 발을 창끝으로 모두 막아 낸 것이었다.

 사실 진무성은 두 장이 붙은 상황에서 조화신병을 이용해 여러 병기로 변신시키면서 독마종의 목숨을 이미 끊을 수 있었다.

 하지만 독을 완전히 제거하지 않고 그가 죽는다면 막간산 일대가 독으로 완전히 오염이 될 수도 있기에 반드시 살려서 독을 모두 흡수해야만 했다.

 "크크크! 가주님 말씀이 맞구나……."

 "뭐라고 하셨소?"

 "네놈이 마노야와 분명 연관이 있을 거라고 하셨지. 이 기차독의 수법은 마교만이 알고 있는 수법이니까. 저 미련한 정파 놈들은 네가 마교 놈이라는 것을 아무도 모르겠지?"

 독마종은 자신의 독이 진무성에게 넘어가는 것을 막을 방법이 없다는 것을 직감했고 독이 넘어가는 순간 자신이 죽을 것도 알고 있었다.

 독인이 독을 잃는 순간 그 신체는 더 이상 버티지 못하기 때문이었다.

 그는 죽기 전에 마지막으로 이간책을 사용할 생각으로 모두가 들리게 말을 한 것이지만 진무성이 그런 잔꾀에 넘어갈 사람이 아니었다. 애초에 그의 목소리는 둘 외에는 누구도 들을 수 없었다.

 그리고 그의 이간책 덕에 진무성은 대단히 중차대한 정보를 얻어 냈다.

대무신가의 가주가 마노야에 대해 알아냈다는 것이었다.

'마노야와 나는 직접 만난 적도 없고 오로지 머릿속에서만 대화를 나누었을 뿐인데 대무신가의 가주가 그것을 어떻게 알았을까?'

진무성은 대무신가의 가주의 능력이 두렵다는 생각이 들었다.

그리고 진무성이 생각하는 동안 독마종은 아무 말도 하지 않았다. 이미 몸이 녹아내리기 시작했기 때문이었다.

그 광경을 보던 수많은 사람들의 눈은 경악으로 둥그레졌다. 그리고 더욱 놀라운 장면이 이어졌다.

진무성이 중독을 당해 고통스러워하는 사람들에게 다가가 손을 잡자 그들 몸에 들어간 독이 순식간에 사라지며 중독 증세가 없어졌기 때문이었다.

독마종을 제거하고 중독된 사람들을 모두 치료한 진무성의 고개가 아직도 싸우고 있는 철마종에게 향했다.

싸움은 점점 치열해지고 있었다.

주위에 철마종에 죽은 자와 부상을 입은 자가 최소한 이십여 명은 되었다.

우세를 점하고는 있지만 무공이 상대적으로 약한 사람들은 철마종의 언월도에 부딪치는 순간 두 쪽으로 잘라졌다. 심지어 막아 낸 무기까지 그대로 잘라 버리는 언월도의 위력은 실로 공포스러울 정도였다.

잠시 싸움 장면을 지켜보던 진무성의 손에 다시 창이 나타났다. 진무성의 신위에 감탄의 눈으로 보고 있던 사람들은 갑자기 나타난 창을 보며 더욱 탄복을 했다.

누가 보아도 진무성의 모습은 이미 사람이 아니었다.

진무성을 창을 위로 들어 올리더니 잠시 싸움을 지켜보았다. 그리고 절호의 기회를 잡은 듯 그대로 창을 던졌다.

창은 소리도 내지 않고 순식간에 날아가 철마종의 몸을 꿰뚫고 지나가 버렸다.

우우우웅!

놀라운 것은 그제야 창이 지나가며 만든 파공음이 들려왔다는 것이었다. 소리보다 빨리 날아가는 창이라니…….

누가 있어 그 창을 피해 갈 수 있겠는가…….

비록 철마종이 생사경의 경지에 들은 초마의 단계라 할지라도 지금처럼 수많은 고수들에게 협공을 받는 상황에서 진무성의 창을 막거나 피한다는 것은 애초에 어려울 수밖에 없었다.

진무성의 창에 몸이 관통당한 철마종은 더 이상 모두의 협공을 견딜 수 없었다.

그의 심장을 찌른 것은 백리령하의 검이었고 등을 가른

것은 단목환의 검이었다.

　곽청비의 검이 목에 박히며 철마종은 드디어 거목이 쓰러지듯 무너지고 말았다.

　그동안 수많은 싸움이 벌어졌고 그때마다 화제의 중심은 창룡이었다. 하지만 대부분은 싸움이 끝난 현장을 보았을 뿐이었고 창룡에 대한 무용담도 소문이거나 호사가들의 입담이 대부분이었다.

　물론 그런 와중에도 믿을 만한 고수들이 창룡의 무공에 대해 증명해 주었기에 그의 명성이 이렇게 높아졌지만 그래도 직접 본 사람이 너무 적다는 것은 그를 의심하거나 빈정대는 사람들의 주된 이유였다.

　그런데 각 문파의 중요 위치에 있는 삼백여 명이 넘는 정파의 명숙들이 직접 창룡의 무위를 직접 보았으니 이번 싸움의 결과는 지금까지와는 다르게 정파에게는 대단히 큰 충격과 경악으로 전해질 것이 분명했다.

　또 하나의 신화를 진무성이 써내려간 것이었다.

* * *

　대단한 혈투였지만 분명 완벽한 승리였다. 하지만 예상보다 많은 사상자로 인하여 만찬은 더 이상 이어지지 못했다.

 문파로 돌아갈 때 운구하기 쉽도록 시신을 관에 넣어져 보관이 됐고 상처를 입은 자들을 모두 의실로 보내져 치료를 시작했다.

 승리했다는 기쁨은 전혀 없었다. 살아남은 자들도 모두 침통한 표정으로 빈청으로 돌아갔다.

 정파인들은 구마종이라고 불리는 자들의 엄청난 무공에 대경실색했는지 넋이 나간 것 같은 사람도 여럿 보일 정도였다.

 "몸은 좀 괜찮으십니까?"

 의실에 찾아간 진무성은 남궁백준을 먼저 찾았다.

 "부끄럽습니다."

 남궁백준은 명색이 백대고수 중 하나로 불리면서 제대로 싸움 한 번 못하고 상처를 입은 것에 심경이 매우 복잡한 듯했다.

 진무성으로서는 위로도 쉽게 할 수가 없었다. 자칫 잘못하면 자존심에 상처를 줄 수도 있기 때문이었다.

 "제가 이런 상황을 염두에 두고 좀 더 경계에 만전을 기했어야 했는데 손님으로 오신 분들이 이렇게 피해를 입게 됐으니, 죄송해서 어찌할지를 모르겠습니다."

 "아닙니다. 진 대협 덕분에 저희가 살았다고 봐야지요.

더구나 저희들이 적의 실체에 대해 자세히 알 수 있는 계기가 되었습니다. 오늘 일이 아니었다면 정파는 시간만 끌다가 막대한 피해를 입는 우를 범했을 겁니다."

"하나…… 어떤 이유를 붙인다 해도 제 실수가 가려질 수는 없지요."

"괜찮습니다. 그보다 죽은 분들의 문파에서는 어떻게 하고 있습니까?"

"모두 마음이 무거운지 자신들의 거처로 돌아가 숙의 중입니다."

정파는 자파의 제자들이 피살당하는 일이 벌어지면 모든 행사를 멈추고 시신들을 운구해서 자파로 돌아가는 것이 보편적이었다. 다른 정파들도 그런 경우는 당연하게 이해해 주었다.

그러나 이번은 수십 명이 죽는 불상사가 벌어졌음에도 돌아가겠다고 나선 문파는 하나도 없었다. 오늘 사건을 거치면서 천의문의 개파대전을 더욱 중하게 받아들였다는 증거였다.

"다행입니다. 아마 진 대협께서 하시려는 계획에 제동을 거는 문파는 더 이상은 없을 겁니다."

"어찌 제동이니 하는 생각을 하겠습니까? 서로 판단이 다르고 생각이 여러 갈래인 것뿐이라고 봅니다. 하지만 제 뜻을 이해하고 존중해 주신다면 저는 감사할 따름이지요."

"저희 남궁세가에서는 진 대협과 끝까지 같이할 생각이니 언제든지 필요하시면 말씀해 주십시오."

걱정 어린 표정으로 옆에 있던 남궁세가의 소가주 남궁의영은 진무성에게 완전히 빠진 듯 말했다.

그의 눈에는 존경의 빛까지 보이고 있었다.

"남궁세가에서는 저를 믿고 혈맹까지 약속해 주셨습니다. 저야말로 누구든지 남궁세가를 건드리면 바로 저의 적이 된다는 것을 모두에게 알릴 것입니다."

"다행히 천의문과 본 가가 가장 가까우니 이번 기회에 전서 체제를 갖추어 즉각적으로 연락할 수 있는 연락망을 만들었으면 합니다."

"전서 체제요? 저는 전서 체제에 대해서는 잘 모릅니다."

"걱정 마십시오. 본 가에 전서의 훈련을 전담하는 곳이 있습니다. 진 대협께서 허락만 하신다면 전서구를 훈련시키는 본 가의 제자들을 이쪽으로 보내겠습니다."

전서구를 훈련시키는 일은 시간이 꽤 걸리는 일이었다. 전서 체제는 매우 빠른 속도가 최대 장점이지만 잘못될 경우 두 문파 간의 오가야 했던 중요한 서찰을 잊어버릴 수도 있기 때문이었다.

그래서 훈련사가 양 쪽을 여러 차례 방문하여 전서를 날려가며 완벽하게 제대로 찾아가는지 확인하는 작업이 필요했다.

"허락하고 말고가 어디 있겠습니까? 무조건 해야지요."

"그럼 우선 열 마리만 훈련시켜 본 가와 천의문에 다섯 마리씩 비치해 놓도록 하겠습니다."

"이번 기회에 본 문에서도 전서구를 훈련하는 방법을 좀 배우도록 지시하겠습니다."

화기애애하게 대화를 끝낸 진무성은 또 다른 의실로 자리를 옮겼다. 다친 사람들은 물론 죽은 사람이 나온 문파까지 오늘 모두 찾아갈 생각이었다. 그리고 그런 그의 행동은 모두에게 호감을 불러일으키기 충분했다.

그 덕인지 천의문 때문에 이런 일이 벌어졌다고 불평하는 사람은 한 명도 없었다. 자파 이기주의에 진심인 정파에서 다른 문파에 왔다가 제자들이 죽는 피해를 당했으면서도 그 문파를 원망하지 않는다는 것은 진무성이기에 가능하다고 할 수 있었다.

\* \* \*

천의문 빈청에 마련된 작은 소청.

무림맹의 주축을 이루는 문파의 책임자들이 모두 모여 있었다. 그 수만도 삼십여 명에 달했다.

당연히 배분이 높고 상징성이 큰 소림사의 천효대사와 무당파의 송양진인이 대화를 이끌어 나갈 것 같았지만 의외로 회의를 주도하고 있는 인물은 단목환이었다.

공식적으로 그가 무림맹을 대표해 온 축하 사절이기 때문이었다.

"단목 공자, 맹주님께서 허락하시면서 축하 이외에 다른 말씀은 없으셨습니까?"

화산의 태운자가 먼저 물었다. 우선 무림맹의 의중을 알아야만 대화를 원활하게 할 수 있기 때문이었다.

"특별히 다른 명은 없으셨습니다. 다만 제게 진 대협에 대해 어떤 사람인지 정확하게 알아오셨으면 하셨습니다."

"아미타불! 그럼 단목 시주께서는 진 대협을 어떻게 보셨습니까?"

천효대사의 반문에 단목환은 잠시 생각을 하더니 조심스럽게 입을 열었다.

"제가 알기로 이곳에 진 대협과 혈맹에 가까운 친분을 가진 문파가 있는 것으로 압니다."

그의 말에 모두는 서로를 쳐다보며 웅성거렸다. 창룡과 이미 그런 관계를 맺은 문파가 있다는 그의 말에 당황한 사람들도 여럿 보였다.

특히 창룡의 행사에 대해 백안시하며 경계하던 문파들이 특히 당혹스러워했다.

진무성의 무공을 직접 본 지금, 창룡과 척을 지거나 하는 것이 얼마나 위험한 일인지를 절감했기 때문이었다.

"어느 문파인지 말해 주실 수 있겠습니까?"

진주언가의 언형수가 물었다.

"어느 문파인지는 제 입으로 말씀드리기는 어렵습니다. 아마 창방식이 끝나면 알려질 것이라고 생각합니다. 다만 그 문파들이 그런 결정을 했다는 것은 진 대협이 믿을 수 있는 인물이기 때문이 아닐까 생각합니다."

"원시천존! 지금 빈도가 알고 싶은 것은 단목 도우의 생각입니다."

다른 문파 역시 중요했지만 역시 대세는 무림맹이 어떤 판단을 하느냐였다. 특히 단목환은 맹주인 하후광적이 매우 아끼고 신임하고 있다는 것을 여기 있는 모두는 잘 알고 있었다.

"제가 개인적으로 느낀 진 대협은 매우 정의로웠고 한마디 한마디가 모두 진정성이 있었습니다. 다만 악인에 대한 대처가 매우 추상같습니다. 이미 느끼셨겠지만 그분은 악인은 교화의 대상이 아니라 처단의 대상으로 여기십니다. 진 대협께서 그러시더군요. 악인은 공포를 느끼지 않으면 변하지 않으신다고요."

단목환의 말을 들은 모두는 그동안 창귀에서 창룡으로 명호가 바뀌는 상황 속에서 일어났던 무수한 살육의 행보가 머리를 스쳐 갔다.

정파에서 진무성에 대해 부정적인 생각을 가지고 있는 문파들이 언제나 거론하는 것이 수십 년 된 마두들보다 더 많은 사람들을 단시간에 죽였다는 그의 살인이었다.

그때 제갈장청이 슬쩍 끼어들었다.

"제갈세가에서 창룡 대협이 그동안 벌인 행사에 대해 조사를 해 본 바에 의하면 이유 없는 살인은 없었습니다. 다른 것은 차치하고 양민들이 왜 창룡 대협에게 열광을 하는지 생각해 보십시오."

제갈장청의 말이 끝나자 중년인 한 명이 뒤를 이어 입을 열었다.

"형산파의 장로인 탁일비입니다. 창룡 대협께서 형산파의 세력권에서 가까운 호남남부에서 수많은 흑도파를 징치했습니다. 물론 그 와중에 많은 흑도인들이 죽은 것은 맞습니다. 그러나 그 효과는 컸습니다. 본 파에서 여러 차례 흑도파들에게 양민들을 괴롭히지 말라고 경고를 했지만 나아지지 않았습니다. 그런데 창룡 대협이 한 번

휩쓸고 난 뒤 완전히 분위기가 달라졌습니다. 이제 대놓고 양민들을 괴롭히는 흑도파는 없습니다."

연달아 두 문파가 진무성을 비호하는 말을 하자 모두의 표정이 미묘하게 변했다. 조금 전 단목환에게 들었던 혈맹을 맺은 문파가 있다는 말이 생각난 것이었다.

그러나 함부로 물을 수는 없었다.

제갈세가는 오대세가의 일원이자 제갈세가의 직계중 한 명은 무림맹의 군사까지 맡고 있었다. 형산파 역시 오랜 전통을 자랑하는 정파의 거목이었다. 추궁 같은 것을 할 수 있는 문파들이 아니었던 것이다.

하지만 또 다른 문파가 나서자 이제 미묘함을 넘어 굳어지기 시작했다.

"저는 당가의 장로인 당사성입니다. 본 가는 예전부터 악에는 그에 합당한 벌을 줘야 한다고 주장했습니다. 진 대협의 행사는 보기에 따라 심하다고 보는 분들도 있다는 것을 압니다. 하지만 당가에서는 진 대협의 행동이 타당하다는 데 동의를 하고 그분을 지지합니다."

당가의 지지 선언.

제갈세가나 형산파와는 그 무게가 달랐다.

오대세가의 수좌 소리까지 듣는 당가가 지지한다는 것은 당가와 끈끈한 관계를 유지하고 있는 구파일방에 속한 아미파와 청성파도 따를 것이 뻔했다.

 진무성에 대해 의구심을 가지고 있던 문파들은 상황이 이렇게 변하자 감히 진무성에 대해 이의를 제기할 수 없었다.

 순식간에 진무성이 대세가 되어 버렸다는 것을 모두 직감하고 있었다.

 당가까지 나서며 잠시 말이 끊어지자 기회를 엿보던 구왕신개가 입을 열었다.

 "단목 공자."

 "예."

 "혹시 진 대협께서 새로운 연맹체를 만들려고 한다는 말이 있던데 들어 본 적이 있나?"

 순간 모두의 시선이 단목환에게 향했다. 어쩌면 지금 모두가 가장 알고 싶어하는 질문일지도 몰랐다.

 사실 진무성과 혈맹의 조약을 맺은 문파들도 천의문의 창방까지는 알았지만 연맹체에 대해서는 아는 것이 전혀 없었다.

 곤혹스러움과 당황 그리고 어차피 피할 수 없는 주제라는 여러 상념으로 즉답을 하지 않던 단목환은 모두의 기대 어린 시선을 무조건 묵살할 수는 없다고 판단한 듯 천천히 입을 열었다.

"진 대협께서는 마도와 사파 그리고 실질적으로 양민들의 삶을 가장 힘들게 하는 흑도파에 대한 정파의 대처가 너무 유연하다고 생각을 하고 계십니다."

"……아미타불! 그럼 무림맹을 두고 다른 정파의 연맹체를 만든다는 것이 사실일 수도 있다는 말입니까?"

천효대사는 염주를 돌리던 손까지 멈추며 반문했다.

"저도 그게 사실이 될지 아니면 계획만으로 끝날지는 아직 모릅니다. 아마도 내일 창방식에서 진 대협께서 직접 그 문제에 대해 언급을 하실 것입니다."

"하북팽가의 소가주인 팽유신입니다. 연맹을 한다면 천의문에 호응하는 정파가 있어야 하는데 대부분의 정파가 무림맹에 소속이 되어 있지 않습니까? 만약 무림맹 소속의 문파가 천의문이 주도한 연맹체에 가입하는 사달이 벌어진다면 정파의 단합이 순식간에 붕괴될 수도 있습니다. 단목 공자께서 이미 그사실을 알고 계셨다면 어찌 할지 대비책은 생각해 놓으셨겠지요?"

창룡에 대해 비우호적인 문파 중 대표격인 팽가였지만 지금은 대놓고 비난을 할 수는 없는지 우회적으로 문제점을 지적하고 나섰다.

"대비책은 없습니다. 그 이유는 진 대협께서 연맹을 결성하더라도 무림맹에 소속된 문파는 절대 들어오지도 받아들이지도 않을 것이라고 약속했기 때문입니다."

"그 약속을 단목 공자께서는 믿으십니까?"

팽유신의 이어지는 질문은 매우 무례한 것이었다.

믿지 않는다고 한다면 방금 약속을 했기 때문에 대비책을 마련하지 않았다는 말이 빈말이 될 것이고, 만약 믿는다고 했는데 진무성이 무림맹 소속의 문파를 하나라도 받아들인다면 정파가 인정하는 최고의 기대주가 남에게 속았다는 조롱감이 될 수도 있기 때문이었다.

하여 정파에서는 싸울 생각이 아니라면 대답하기 곤혹스러운 질문은 알아서 하지 않는 것이 불문율이었다.

같이 온 팽위조도 심했다고 생각한 듯 급히 그의 허리를 찔렀지만 이미 나온 말을 주워 담을 수는 없었다.

잠시 팽유신을 주시하던 단목환은 고개를 끄덕이더니 단호하게 말했다.

"제가 지금까지 본 사람들 중 가장 믿을 만한 분이었습니다. 최소한 그분은 말과 행동이 다르지는 않았으니까요. 전 진 대협의 약속을 믿습니다."

단목환의 답은 무림의 향후 판도에 큰 획을 긋는 중요한 말이었다.

3장

# 3장

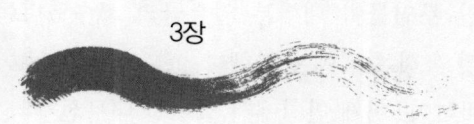

 다음 날, 천의문 총단은 새벽부터 정신 없이 바쁜 상태였다.
 창방식 준비가 본격적으로 시작되었기 때문이었다.
 개파대전의 성공 여부는 그 문파가 발전을 할지 아니면 곧 쇠락할지를 한눈에 느낄 수 있게 한다.
 천의문은 시작부터 처음 창방을 하는 문파로는 보기 드문 성대함을 가지고 시작했다.
 우선 초대하지 않았음에도 무림에서 이름난 문파들이 축하 사절을 보냈고 사절단 역시 대부분 문파의 장로급이 왔으니 그 무게가 남달랐다.
 또한, 다른 문파의 창방식에서는 한 번도 시도하지 않

앉던 새로운 문도들을 뽑는 비무 대회까지 열었는데, 신청한 무인들이 대부분 일류급의 고수였다는 점도 격을 한껏 올려 주기에 충분했다.

더하여, 어제 만찬에서 벌어진 대무신가의 기습으로 문주인 창룡의 명성이 한 단계 더 올랐으니 천의문은 신흥 문파가 아니라 시작부터 강력한 영향력을 지닌 대문파가 되었다고 해도 과언이 아녔다.

연맹의 공표를 의논하기 위해 모인 백리령하와 곽청비는 진무성의 표정이 그리 밝지 않자 약간 긴장했다.

"어제 일로 사상자가 꽤 나왔다고 하던데 혹시 항의라도 받았습니까?"

곽청비가 조심스럽게 물었다. 만약 어제 일로 불만을 가진 문파가 있다면 창방식에 문제가 발생할 수도 있기 때문이었다.

"다행히 모두 저를 오히려 위로를 해 주더군요. 저로서는 감사할 따름이지요."

"정파에서는 자파의 제자들이 죽은 경우 감정적으로 행동하는 경우가 많은데 다행이군요. 그런데, 진 형."

"말씀하십시오."

"어제 일도 있어 모두 충격이 클 텐데 오늘 꼭 발표해야겠습니까?"

백리령하는 수십 명의 사상자까지 나면서 모두의 신경이 날카로운 지금 상황에서 그들 세 문파가 연맹을 맺는다고 발표를 한다면 상당한 반발이 있을 것을 걱정하고 있었다.

"충격이라는 것은 한꺼번에 맞는 것이 오히려 낫다고 생각합니다. 찔끔찔끔 맞게 되면 오히려 반발이 생길 수도 있으니까요. 전 어제 사건 때문에 더 상황이 나아졌다고 생각합니다."

"……진 대협, 이런 말을 하는 것이 맞는지는 모르겠지만 그래도 의구심은 다 터는 것이 좋을 것 같아 묻겠습니다."

곽청비는 잠시 생각하더니 조심스럽게 입을 열었다.

"연맹체라는 것은 신뢰가 바탕이 되어야 한다고 생각합니다. 의구심이 있다면 당연히 해소해야지요. 말씀하십시오."

"어제 사건이 혹시 진 대협께서 의도한 일이었습니까?"

"의도라면 그들이 어떤 일이 벌어질지를 이미 알고 준비하고 있었다는 의미 같습니다만 맞습니까?"

"진 대협께서 알았다고 말씀드리는 것은 아닙니다. 하지만 너무 짜맞춘 듯이 일이 진행되었다는 생각이 드는 것을 막을 수는 없더군요."

"그들이 어떻게 행동할지 유추한 것은 사실입니다. 또 가능성이 매우 높다 생각했습니다. 제가 대무신가라면 어떻게 해야 제게 큰 타격을 입힐 수 있을까를 생각했습니다. 그랬더니 두 가지 방식이 떠오르더군요. 하나는 저를 직접 암살하는 것이고 또 하나는 창방식을 망쳐 버리는 것이었습니다."

잠시 말을 멈춘 진무성은 그녀들의 표정을 잠시 살피고는 다시 말을 이어 갔다.

"저를 암살하는 것이야 제가 대처하면 될 일이었지만 창방식을 망치는 방법이 여러 가지가 있었습니다. 그래서 백리 형에게 비무대회를 망치려고 하는 자들을 제거해 달라고 부탁을 한 것입니다. 더 강력한 방법은 창방식에 온 이들을 공격하는 것인데 독공과 화공 두 가지가 가장 효과적이라고 판단했습니다. 화공에 대비하기 위해 곽 검주님께 절벽 쪽을 맡아 달라고 했지만 그쪽에서는 아무 일도 없더군요. 그래서 독공이라고 판단했고 취약한 곳이 우물이라고 생각하고 함정을 준비했습니다."

진무성은 이미 그런 질문이 나올 것을 예상이라도 한 듯이 조금도 머뭇거리지 않고 저간의 사정을 단숨에 설명했다.

"그럼 갑자기 만찬을 계획한 것은 그냥 우연이었던 것

입니까?"

"당연히 우연이 아니지요. 언제 쓸지 모른다면 대비가 어려운 것이 독공입니다. 그래서 독공을 펼치라고 자리를 깔아 준 것뿐입니다."

"정파에 많은 사상자가 생길 수 있다는 것은 예상을 못하셨습니까?"

"다시 말하지만 대무신가에서 무슨 짓을 벌일지를 추측은 할 수 있겠지만 그렇다고 제가 의도할 수는 없습니다. 만약 이렇게 많은 사상자가 생길 것을 알았다면 계획 자체를 다시 생각했을 겁니다. 한 가지 실수가 있었다면 그들이 이렇게 강할 줄은 몰랐다는 점이지요."

진무성의 말은 반박이 불가능할 정도로 논리 정연하여 곽청비는 더 이상 물을 수가 없었다.

"진 대협께서 이렇게 솔직하게 말씀해 주시니 믿겠습니다."

"곽 검주님께서 이런 질문을 던지신 것은 그만큼 저를 걱정해서라고는 것을 압니다. 전 이후에도 대무신가에서 어떤 행동을 할지 예측을 해서 대비를 할 겁니다. 그러다 보면 그들의 책략을 정확하게 맞추는 일이 자주 있을 수도 있습니다. 그때마다 이상하게 생각하는 사람들이 생길 것입니다. 전 다른 사람들은 상관없습니다. 하지만 연맹체를 이끌 저희 세 사람만은 서로를 믿어야 한다고 생각합니다."

둘의 표정이 살짝 변했다.

대놓고 그들의 행동을 자주 맞출 것이라는 말 때문이었다. 어떤 책략가도 상대의 행동을 자주 맞출 수 있다고 공언하지는 않기 때문이었다.

"진 형께서는 대무신가에서 벌일 행동에 대해 예측이 가능한 것 같으십니다."

"백리 형이나 곽 검주께서도 분석을 마교도처럼 하신다면 가능할 것입니다."

마교는 마교식으로 상대를 해야 한다고 주장하더니 이제 생각까지 마교처럼 한다는 진무성의 말을 다른 사람들이 듣는다면 정말 오해를 할 수도 있었다.

하지만 둘은 그를 믿기로 했다. 아니 믿었다.

"좋습니다. 그럼 오늘 군림맹의 결성도 같이 발표하기로 하지요."

셋은 맹의 이름을 가지고 생각을 많이 했었다. 그리고 마지막으로 남은 이름이 정심맹과 군림맹 두 가지였다.

진무성은 정심맹은 정파의 규율을 따르는 느낌이 난다며 무림맹과는 차별을 두어야 한다며 군림맹을 주장했다.

백리령하와 곽청비는 너무 권위주의적이 느낌이 난다

고 난색을 표했지만 결국 군림맹으로 결정이 난 것이다.
 군림맹은 이후 진무성이 창룡군림으로 불리게 되는 단초가 되었다.

* * *

 그 시각!
 초인동의 사공무경 집무실에서는 초인동의 모든 간부가 모여 회의 중이었다.
 그들의 앞에는 십만대산에서 막 도착한 사공무혈이 서 있었다.
 그는 마교에서 알아 온 사실에 대해 보고를 하고 있었다.
 "마노야가 마교의 중흥을 다시 이끌 방법을 마련했다는 유지에 따라 계속 안탕산을 찾았는데 알아낸 것은 아무것도 없었다는 말인가?"
 "알아낼 수 없었던 것은 진이 열리지 않았기 때문이라고 했습니다. 그런데 그 진이 지진에 의해 파괴가 되었답니다. 하지만 그때는 그 안에서 발견한 것이 아무것도 없었다고 합니다. 당시……."
 사공무혈은 마교에서 알아낸 당시 상황에 대해 죽 얘기

했다.

 특히 모두가 죽어 있었고 한 명만이 살아 있었는데 그자가 진무성이라는 말은 모두에게 분명 뭔가 있다는 생각을 동시에 하기에 충분한 이유가 되었다.

 하지만 이후 진무성의 행적은 여전히 의문이었다. 정보가 사실이라면 진무성은 안탕산에서 살아난 후에도 무공이 특별히 강해질 이유가 전혀 없었기 때문이었다.

 "만약 그놈이 안탕산에서 마노야가 안배한 기연을 얻었다면 왜 몇 년간 평범했지?"

 사공무천의 반문에 모두의 표정이 구겨졌다. 기연을 얻었는데 그 효과가 몇 년이나 지나서 나타나는 경우는 있을 수 없기 때문이었다.

 "계속 말해 봐라."

 사공무경의 말에 모두 입을 닫자 사공무혈의 보고가 이어졌다.

 "구유마종은 금면사자에게 진무성에 대한 추적을 명했고 결국 황도까지 들어갔다고 합니다. 그런데 예기치 않게 동창과 시비가 붙어 상황이 악화되었다고 했습니다."

 "예기치 않았던 일인지 아니면 계획된 일이었는지는 누구도 모른다. 이유는 모르지만 그놈이 작심하고 자신의 무공을 숨겼을 수도 있다. 그놈이 따랐던 장군의 이름이 뭐라고 했느냐?"

"양기율이라고 황궁 경비대장을 맡고 있습니다. 얼마 전 천부장에서 대장군으로 승차(陞差)했다고 합니다."

"양기율이라…… 진무성에 대해 가장 잘 아는 놈이 바로 그놈이겠군."

"아마 그럴 것입니다. 마교에서도 자세히 알아보았는데 진무성이 양기율을 아버지처럼 따랐다고 합니다."

"양기율이 그놈의 약점이 될 수도 있겠군."

"당장 잡아 올까요?"

사공무일의 말에 사공무경은 잠시 생각하더니 고개를 저었다.

"아니다. 약점은 아주 적절한 시기에 찔러야 효과가 생긴다. 너무 빨리 사용하면 오히려 그놈의 독기만 불러서 역효과를 낼 수도 있어. 우선 마노야가 남긴 안배가 무엇인지부터 알아내는 것이 급선무다."

"제가 올린 책자에 적혀 있는 것들이 마노야가 말년에 가장 심혈을 기울여 연구했던 것들이라고 합니다."

'마노야라…… 머리는 좋았지만 신체적인 단점이 많아서 크게 마음에 두지 않았었는데 그놈을 거두었어야 했던가…….'

사공무경은 도저히 이해가 되지 않는 생각을 하더니 책

자를 펼쳤다.

 사실 그도 마노야가 어떤 방법으로 그렇게 단기간에 고수를 만들어 냈는지 궁금했었다. 그조차도 그렇게 하지 못했기 때문이었다.

 "창귀 그놈의 창방식이 오늘이지?"

 "예!"

 "기대되는군."

 이미 그들이 모두 제거됐다는 것을 안다면 사공무경은 어떤 반응을 보일까…….

* * *

 천의문 총단은 예상치 못한 손님의 등장으로 시끄러웠다.

 "아미타불, 그들이 동시에 나타난 것이 우연일까요?"

 뜻밖의 인물들의 등장에 천효대사는 뭔가 긴장한 듯 염주를 빠르게 돌리며 말했다.

 "우연이라고 봐도 무방할 것입니다. 환영 받지 못할 것을 아는 자들이 이런 축하하는 자리에 올 때는 당일날 오는 것이 불문율이니까요."

 구왕신개의 말에 모두는 고개를 끄덕였지만 그렇다고

그들의 등장이 의아한 것은 어쩔 수 없었다.

"그들은 지금 어디에 있다고 합니까?"

"문주에게 축하 예물을 바친다고 하니 정청에 있을 것입니다."

"정파의 개파대전에 사파와 마도가 축하를 온 적이 그동안 없었지 않습니까?"

"한 번도 없었지요. 그들이 어떤 목적을 가지고 왔는지는 모르겠지만 당장 저희가 어찌할 수 있는 일은 아니니 진 대협께서 어떻게 그들을 대하는지 두고 보는 수밖에 없을 것 같습니다."

"개회가 반 시진도 안 남았는데……."

어제 대무신가의 기습으로 놀라서인지, 오지 않아야 할 자들의 등장에 과민하게 반응하는 그들이었다.

\* \* \*

보통 문주의 자리는 태사의라고 불리는 용의 형상이 조각된 커다랗고 화려한 의자를 사용했다. 하지만 진무성의 자리는 태사의라고 부르기에는 매우 단출했다.

하지만 그의 위엄은 자리와는 상관없이 빛나고 있었다.

"저는 천존마성의 호법인 자전신마라고 합니다. 성주님께서 창룡 대협의 위명을 듣고 한 번 만나 보기를 원하셨지만 그동안 정체를 알 수 없어 인사도 하지 못했습니다. 오늘 개파를 한다는 말을 듣고 성주님의 축하 말씀과 함께 조촐한 선물을 준비해 왔습니다."

자전신마라는 말에 진무성의 자리를 중심으로 양 옆에 도열해 있던 천의문의 간부들의 표정이 굳어졌다. 자전신마는 마황급의 마두로서 그 악명이 자자했다.

그런 자가 정파를 표방하는 천의문의 개파식에 나타난 것은 무슨 이유일까…….

아무도 축하만을 하기 위해 왔다는 말을 믿지 않았다.

진무성의 앞에 놓인 커다란 두 개의 상자 중 하나에는 온갖 보물과 금이 가득 들어 있었고 또 다른 상자에는 휘귀한 약초들이 차곡차곡 쌓혀 있었다.

"축하 선물치고는 너무 과한 것 같습니다. 저희는 신생 문파인지라 보답을 할 것이 마땅치 않은데 이것을 받아도 될지 모르겠습니다."

"축하 선물을 가져온 것인데 보답이라니요. 문주님께서 받아만 주셔도 저희는 기뻐할 것입니다."

마도나 사파에서 정파에게 선물을 보내는 경우도 없었지만 혹 있다해도 그것을 받아 주는 정파는 없었다. 하지만 진무성은 고개를 끄덕이며 말했다.

"힘들게 가져오신 선물을 받지 않는다면 그거야말로 결례가 아니겠습니까? 주신 선물은 좋은 일에 쓰도록 하겠습니다."

순간 자전신마의 표정이 실룩했다.

진무성이 그가 아는 보통 정파인들과는 완연히 다른 자라는 것을 느낀 것이었다.

## 4장

 자전신마는 군사인 독심마유가 창방식에 가야 한다고 주장한 이유를 알 것 같았다.
 독심마유는 창룡이 강호에 모습을 드러낸 후 행한 행동들로 미루어 보통 정파인들과는 결이 다르다며 창방식에 축하 사절을 보내 창룡에 대해 좀 더 자세히 알아야 한다고 성주인 만겁마종을 설득했었다.
 정파에서 사파나 마도의 재물을 받아들이지 않는 이유는 그들 사이가 견원지간(犬猿之間)인 것도 있지만 나쁜 짓을 해서 모은 재물을 받아들일 수 없다는 나름 정파인의 자존심도 있었다.
 물론 흑도파들이 바치는 상납금을 받는 정파가 상당히

많다는 것은 사실 비밀 아닌 비밀이었지만 어쨌든 사파와 마도의 재물은 건드리지 않는 것이 불문율이었다.

그런데 진무성은 넙죽 받아들였다. 심지어 자신들은 답례도 할 수 없다고 했다.

'창룡…… 이놈 정의가 목적인 놈이 아니야…… 뭔가 다른 저의가 있는 것이 분명해.'

자전신마는 어쩌면 진무성과 친구까지는 아니더라도 적은 되지 않을 수도 있겠다는 생각이 들었다.

"먼 길 오시느라 피곤하실 텐데 음식과 술은 충분히 준비되어 있으니 개파대전이 시작하기 전까지 식사도 하시고 푹 쉬십시오."

이만 가라는 축객령이었다.

자전신마는 급히 포권을 하며 다시 말했다.

"식이 끝난 후, 문주님께 성주님의 전언과 친서를 전해 드리고 싶은데 시간을 내 주시겠습니까?"

"당연히 내 드려야지요. 독대를 원하시면 독대도 가능합니다."

"독대까지 해 주신다면 저로서는 감사할 따름입니다. 그럼 이따 뵙겠습니다."

자전신마는 밖으로 나가면서 기다리고 있는 한 노인을 발견하자 냉소를 살짝 흘렸다.

[암흑무림을 누가 반긴다고 여길 온 거냐?]

그는 암흑무림의 호법인 만수검륜이었다.

[자전신마 말하는 본새가 싸가지 없는 것은 나이가 들어도 변하지를 않는구나!]

자전신마의 전음에 빈정이 상한 만수검륜은 인상을 구기며 받아쳤다.

[하여간에 너 같은 놈들 때문에 마도까지 욕먹는 거다. 에이! 비루한 놈들.]

[저, 저, 저놈이!]

사파와 마도를 분류하기는 하지만 사실 정파에게 두 세력은 크게 다를 것이 없었다.

하지만 마도는 사파를 아주 경원시했고 정파보다 더 무시하는 경향이 있었다.

특히 같은 사파라 해도 혈사련보다 암흑무림을 더 천시했다.

'천존마성! 네놈들을 반드시 암흑무림 앞에 무릎을 꿇고 살려 달라고 비는 꼴을 천하에 꼭 보게 해 주마!'

만수검륜은 당장이라도 무기를 들어 내려치고 싶었지만 이를 악물며 간신히 참았다.

그때, 총관인 강력신도 권책의 목소리가 들려왔다.

"암흑무림에서 오신 분 들어오십시오."

만수검륜은 커다란 짐을 등에 짊어진 네 명의 무사와 함께 정청 안으로 들어갔다.

\* \* \*

"제독 나리, 환관 지휘부에서 나리를 내리려 한다는 소문이 돌고 있습니다."
"뭐야? 어떤 놈이 그런 헛소문을 퍼뜨리고 다니는지 당장 잡아들여라!"
"황실보위부 소속 환관 놈 입에서 나온 말이라고 합니다."
"우명이 지금 나를 적으로 돌린다는 거냐?"
추곡의 말에 엄귀환은 대로한 듯 얼굴이 벌게졌다.
"장인태감 나리와 서창의 왕정 제독을 제독 나리께서 암살했다는 소문 때문에 환관들의 여론이 나리께 많이 불리합니다."
엄귀환이라고 그 소문을 모를 리 없었다. 황실에 혼란이 생기는 것을 막기위해 모든 사건을 극비로 돌렸지만 아는 사람들은 다 알고 있는 그날의 사건.
삼공중 한 명이 죽고 날아가는 새도 떨어뜨린다는 서창의 제독 왕정까지 하룻밤 사이에 무려 아홉 명이나 되는 권력자가 죽었다.

놀라운 것은 모두 자연사로 판명이 됐다는 점이었다. 하지만 건강하던 자들이 그것도 아홉 명이나 거의 동시에 죽었는데 그게 자연사라고 한다면 누가 있어 그 말을 믿겠는가……

문제는 그 사건을 조사한 기관이 바로 동창이었고 죽은 자들 중 환관이 세 명이나 됐는데 모두 엄귀환과는 정적 관계에 있던 자들이라는 점이었다.

당연히 엄귀환이 그들을 죽였고 동창 제독의 권력을 사용해 은폐했다는 소문이 돌 수밖에 없었다.

환관 지휘부에서 그를 끌어내리려 한다는 말이 돈다 해도 당장 엄귀환을 제거할 수 있는 사람은 환관 내에 아무도 없었다.

황실보위 사례감인 우명정도가 그를 견제하기 위해 은근 슬쩍 안 좋은 소문을 퍼뜨리고 있었지만 엄귀환을 흔드는 정도일 뿐 낙마시키기에는 힘에 부쳤다.

"나리 구문제독부와의 관계를 다시 한번 생각해 보시는 것이 어떻겠습니까?"

추곡은 조심스럽게 의견을 개진했다.

"구문제독부 때문에 불만이 많더냐?"

"동창이 구문제독부에 끌려다닌다고 말이 많습니다."

엄귀환의 표정이 침통하게 변했다.

진무성의 암살 사건 이후 동창과 구문제독부 사이에는 훈풍이 불기 시작했다.

구문제독부의 비호를 받는 동창.

시작은 동창이 구문제독부을 궁지에 몰아넣기 위해 양기율 등 장군들을 표적 삼아 벌이던 조사들을 모두 철회를 하면서 부터였다.

거기에 화답하듯 구문제독부에서는 엄귀환이 동창 제독을 계속 맡는 것이 좋겠다고 황태자에게 의견을 전했다.

원래 쇠약하던 황제는 정사는 잘 돌보지 않으면서도 환관 조직만은 직접 챙길 정도로 중요시했었다. 하지만 고윤이 사라지고 왕정까지 죽으면서 환관 조직까지 등한시하면서 태자의 입김이 커지고 있었다.

환관의 핵심 간부들이 여럿 죽으면서 엄귀환의 권력이 강화되고 있는 상황에서 구문제독부까지 힘을 실어 주고 있으니 엄귀환에게 너무 권력이 집중되는 것이 아닌가 우려될 만했지만, 환관들의 신망을 잃으면서 오히려 예전보다 더 힘을 쓰지 못하고 있었다.

환관들의 우두머리가 환관들의 지지를 잃고 서로 사생결단이라도 할 듯 싸우던 구문제독부에게는 지지를 받는 묘한 상황이었지만 오히려 권력의 축은 균형을 이루며

정국을 안정되게 하고 있었다.

그것이 모두 진무성과 사마지수가 만들어 낸 작품일 줄은 누구도 상상하지 못하고 있었다.

그럼 엄귀환의 변화를 이끈 것은 무엇이었을까?

엄귀환은 자신을 찾아왔던 암살자를 머리에 떠올렸다.

'암살자……'

얼굴도 보지 못했다. 엄귀환은 그가 마음만 먹었다면 자신도 그에게 죽은 것은 여반장이었을 것이라고 판단했다.

암살자는 그에게 정적들을 모두 죽여 주겠다며 거래를 제안했다. 그리고 엄귀환은 그 거래를 받아들였다.

암살자는 떠나며 한 마디를 남겼다. 거래를 어기면 죽을 거라고…….

엄귀환이 그를 자객이라고 칭하지 않고 암살자라고 하는 이유는 그를 자객으로 치부하기에는 너무 완벽한 살수였기 때문이었다.

"나리, 몸이 편찮으십니까?"

추곡은 엄귀환의 안색이 파리하게 창백해지자 불안한 표정으로 물었다.

생각만 해도 얼굴이 창백해질 정도로 암살자에 대해 불안을 느끼고 있는 그였다.

"괜찮다. 추곡."

"예, 나리."

"사건은 사건으로 덮는 것이 가장 좋은 방법이라고 누가 그러더구나."

"예? 그게 무슨 말씀이신지?"

"지금 이 상황을 덮을 큰 사건이 필요하다는 얘기다. 대무신가를 좀 더 큰 사건으로 키워야겠다."

진무성은 엄귀환이 구문제독부와 관계 개선을 할 경우 그의 정치적 입지가 약해질 것까지 염두에 두고 한 가지 방법을 조언했었다.

그것이 바로 대무신가였다.

"이미 역적으로 공표했습니다."

"역적으로 공표만 했지 후속이 없지 않느냐? 고운 나리와 이번 조정 중신들의 죽음을 모두 대무신가의 짓으로 만든다 그리고 그들이 천년마교의 후신으로 황실 전복을 꿈꾸고 있다고 발표해라."

역모의 규모가 커지면 당연히 그것을 조사하고 추포하는 동창의 힘이 커지고 황도를 보호하는 구문제독부는 그 중요성이 더 커지게 된다.

하지만 잘못하면 그 역풍을 고스란히 맞고 엄귀환이 실각할 수도 있었다.

추곡은 불안한 표정으로 물었다.

"제독 나리, 그건 너무 위험합니다. 그렇게까지 하실 필요가 있겠습니까?"

"추곡."

"예!"

"너도 내가 고윤 나리의 후광 덕에 동창 제독 자리를 꿰찼다고 생각하느냐?"

"아, 아닙니다. 제가 나리를 보필한 것이 벌써 십오 년입니다. 나리께서 얼마나 치열하게 살아오셨는지 지근거리에서 보았는데 어찌 그런 생각을 하겠습니까?"

"맞다. 이 자리까지 올라오는 동안 난 죽을 고비를 열 번은 넘겼다. 그때마다 목숨을 건 도박을 해야 했어. 지금이 또다시 도박을 할 시기다."

"증거가 있냐고 떠들 것입니다."

"증거조차 남기지 않고 그런 짓을 벌일 수 있는 놈들이 천년마교 빼고 어디에 있냐고 해라! 이젠 무조건 밀어붙인다. 그리고 구홍곡에게 창룡을 만나라고 해라."

"창룡을요?"

"창룡의 정체에 대해 좀 말도 안 되는 이상한 보고를 받은 것이 있다."

"어떤 보고를 받으셨는지요?"

"너무 어처구니가 없어서 입에 담기도 싫다. 어쨌든 지금 대무신가를 마교로 몰아가기 위해서는 창룡의 도움이 필요하다. 구창곡이 그를 본 적이 있다고 했으니 그를 찾아가 도움을 청하라고해라."

"창룡은 지금 무림의 신성입니다. 구창곡 정도가 상대할 수 있는 명성이 아닙니다."

"내 서찰을 들고 간다면 만나 줄 게다. 무림맹은 어차피 우리 동창을 좋아하지 않는다. 사파와 마도와는 대놓고 만날 수도 없다. 그렇다면 지금 우리가 편을 먹을 수 있는 세력은 창룡이 세운다는 천의문밖에 없다."

엄귀환이 들었다는 어처구니없다는 정보는 창룡의 이름이 구문제독부의 좌소문 경비대장이었던 오십부장의 이름과 같다는 것이었다. 물론 동명이인일 수도 있었지만 본인인 확률도 배제할 수 없다는 보고였다.

하지만 엄귀환은 그 사실을 비밀로 했다.

그는 자신의 권력을 지키기 위해서는 누구와도 연계를 할 수 있는 자였다.

\* \* \*

"천의문의 개파를 천하에 알립니다."

"와아!"

 천의문 총관인 강력신도의 외침과 함께 커다란 함성이 뒤를 이었다.

"저는 천의문 총단의 총관인 강력신도 권책입니다. 문주님께서 오시기 전 먼저 간략하게 본 문의 간부진을 소개하겠습니다."

 그는 위풍당당한 자세로 연단에 죽 늘어서 있는 간부들을 한 명씩 호명하며 소개를 시작했다.

 그리고 호명이 될 때마다 함성과 감탄이 동시에 쏟아졌다. 처음 개파하는 문파라고 하기에는 그 진용이 정말 화려했다.

 백대고수로 불리는 초절정 고수가 무려 다섯 명이나 되었다.

 구파일방이나 오대세가도 다섯 명의 백대고수를 보유하고 있는 곳은 몇 안 된다는 것을 생각하면 정말 대단하다고 할 수밖에 없었다.

 다른 문파에 소속이 되어 있지 않고 홀로 강호를 주유하는 백대고수들 중 정파인으로 불리는 사람들은 전부 천의문에 들어온 것 같았다.

 간부진의 소개가 끝나자 강력신도는 다시 커다랗게 외쳤다.

"천의문의 문도를 뽑기 위해 벌인 삼 일간의 비무로 새롭게 본 문의 형제가 된 문도는 모두 육백 명입니다. 성공적인 비무 대회가 된 것은 모두 이렇게 참석해 주신 내외빈 덕분입니다. 다시 한번 감사인사 드립니다."

몇 명인지는 모르지만 이미 천의문의 문도로 보이는 자들의 수가 만만치 않음을 알고 있던 군웅들은 비무 대회를 통해 육백 명이나 더 뽑았다는 말에 깜짝 놀라고 말았다.

비무 대회를 통해 사람을 뽑는다 해도 그 수는 보통 열 명 남짓이었다. 비무 대회의 성적이 좋은 사람만을 뽑기 때문이었다. 그런데 육백 명이면 비무 대회는 그냥 명분이고 대회에 참가한 사람은 다 뽑았다는 말이나 마찬가지였기 때문이었다.

감히 나설 분위기는 아니었지만 창룡에 대해 위구심을 느끼거나 반감을 가지고 있던 자들에게는 더욱 의문을 주었다.

도대체 그렇게 많은 문도가 왜 필요할까…….

문도가 많아지면 그들이 거주할 거처를 새로 지어야 했다. 부엌도 더 커져야 했고 많이 먹는 무림인들의 특성상 음식값도 엄청났다.

거기에 수련비와 봉급 그리고 기타 운용에 필요한 돈까

지 더한다면 그 비용은 기하급수적으로 늘 수밖에 없었다.

그래서 조직이 커지면 그 비용을 충당하기 위해서라도 자연스럽게 세력 확대를 꾀하는 것은 당연한 행동이었다. 세력 확대를 한다는 것은 결국 다른 문파의 세력을 쳐들어갈 수밖에 없으니 그 자체로 무림의 불안 요인이 될 수밖에 없었다.

진무성에 대해 또 다른 의심이 커지고 있을 때 커다란 함성이 장내를 덮었다.

천의문주인 진무성이 두 명의 남녀와 함께 연단에 나타났기 때문이었다.

진무성은 이번에는 작심한 듯 평시와는 달리 내공을 끌어올려 자신의 존재감을 극대화시키며 등장했다.

이미 내공 없이도 절대자의 기도를 내 보이던 그가 공력까지 끌어올리자 뿜어져 나오는 엄청난 위압감은 장내에 있는 모든 사람들을 경악하게 하기에 충분했다.

'아미타불! 야차대장(夜叉大將)인 줄 알았는데 제석천이었던고…….'

야차들을 이끌고 있는 야차대장은 불법을 수호한다는 천룡팔부 중 일 인으로 특히 악신들을 죽이는 것을 담당했다.

비록 사람들 사이에서는 나쁜 의미로 이름이 났지만 실지로는 불가에서는 아주 중요한 위치를 차지하고 있었다.

천효대사는 진무성을 보고는 그가 부처님께서 세상의 악을 제거하라고 보낸 야차대왕이 아닐까 하는 생각을 했었다. 그런데 그는 야차대왕정도로 치부할 인물이 아니었다.

-제석천(帝釋天)-

천룡팔부의 으뜸으로 부처와 동일시 되며 삼라만상의 주지하는 절대자이자 신이 바로 그였다.

불문의 승인 천효대사의 입에서 제석천이 언급됐다는 것은 대단히 중요한 의미가 있었다.

진무성을 세상을 지킬 인물로 인정했다는 뜻이기도 했기 때문이었다.

한 걸음 한 걸음 연단을 올라가는 그의 모습을 보는 군웅들은 바늘이 떨어지는 소리가 들릴 정도로 조용했다.

진무성에게 완전히 압도당했다는 것을 알 수 있었다.

'아, 아까와 완전히 달라…… 뭐야, 괴물 같은 놈은?'

자전신마는 진무성의 달라진 모습에 자신도 모르게 입

이 벌어졌다.

 그가 아는 정파인의 모습과는 다른 그의 모습에 잘하면 뭔가 통할 수도 있겠다고 판단했던 자신의 생각이 완전히 잘못됐다는 것을 아는데는 그리 오랜 시간이 걸리지 않았다.

 천효대사는 제석천을 생각했는데 마도인 그는 괴물을 떠올리는 것을 보면 정파와 마도는 생각부터 다르다는 것을 여실히 알 수 있었다.

 "창룡 대협은 무림의 구성이다!"
 "천하제일 고수가 드디어 모습을 드러냈다!"

 진무성이 연단에 서고 누군가 커다랗게 외치자, 마치 약속이라도 한 듯 막간산을 무너뜨릴 듯한 거대한 함성과 연호가 모두의 입에서 동시에 터져 나왔다.

 "와아!"
 "창룡! 창룡! 창룡……!"

 양민들의 절대적인 지지를 받는 그였지만 무림인들 사이에서의 창룡에 대한 평가는 상당히 달랐다.

 물론 우호적인 사람이 더 많았지만 그를 백안시하는 사람들도 결코 적다고는 할 수 없었다.

 하지만 오늘을 기점으로 누구도 대놓고 진무성을 배척하거나 안 좋은 소리를 입에 담을 사람은 더 이상 정파

무림에는 없을 것이 분명했다.

'지금까지 무림을 이끌던 십대고수는 이제 창룡에게 모두 밀려 버렸구나.'

천의문이라는 신생 문파의 개파대전이 소문으로만 떠돌던 창룡이라는 존재가 무림의 새로운 절대자로 탄생했음을 알리는 대관식으로 변해 버렸음을 모두는 느끼고 있었다.

진무성은 연호하는 모두를 향해 두 팔을 올렸다. 그러자 마치 그를 따르는 잘 훈련된 수하들처럼 모두의 입이 동시에 닫혀 버렸다.

공통점이 거의 없는 각양각색의 무림인들이 한 사람의 동작에 이렇게 일사불란하게 움직인 예는 이전에도 아마 이후에도 없을 것이 분명했다.

"천의문의 개파에 오신 귀한 손님들을 모시고 이렇게 성대한 잔치를 벌이게 됐음을 영광으로 생각합니다. 저는 천의문의 문주인 진무성입니다."

"와아! 창룡! 창룡……!"

또다시 연호가 이어지자 진무성은 또 손을 들었고 다시 장내는 조용해졌다.

진무성은 우선 자신이 천의문을 세우게 된 동기가 흑도파들에게 괴롭힘을 당하는 양민들의 삶을 편안하게 해 주기 위해서라는 말에 또다시 함성이 터졌다.

양민들을 위함은 곧 강호의 정의가 사라지고 협이 실종된 상황이라는 말로 이어졌다. 당연히 또다시 환호와 멈춤이 반복이 되었다.

[백리공주, 정말 대단하지 않아? 이젠 더 이상 놀랄 일이 없겠지. 했는데 또 놀라게 하네…….]

처음 그녀들이 본 진무성은 예의는 발랐지만 매우 무뚝뚝하고 과묵했다. 그런데 알면 알수록 본성이 매우 부드럽다는 생각을 했었다.

과묵하면서도 자신이 할 말은 다하면서 본성은 부드러워 보였지만 적을 대할 때는 조금의 사정도 봐주지 않는 과단성은 그녀들이 살아오면서 본 적이 없는 특이한 존재였다.

거기다 상대의 계책까지 꿰뚫어 보는 놀라운 머리는 두려울 정도였다.

그런데 오늘 그는 군웅들을 단숨에 사로잡아 버리는 놀라운 매력을 보여 주고 있었다.

'타고난 영웅이야…… 그런데 왜 저 사람에게서 마웅의 기와 효웅의 모습까지 동시에 보이는걸까? 저 사람의 진정한 모습은 도대체 무엇이지?'

[왜 아무 말도 없어?]

백리령하가 아무 말 없이 진무성만 보고 있자 곽청비는 의아한 듯 다시 말했다.

  [저 사람에게서 마치 인격이 다른 사람이 또 있는 것 같다는 생각이 들어서…….]

  [위선적이라는 거야?]

  [아니, 오히려 위선적이라면 이상하지 않았을 거야. 너무 다른데 전부 다 저 사람 자체인 것 같아. 그래서 혼란스러워.]

  그녀의 대답에 곽청비도 동감하는 듯 잠시 입을 닫았다. 그러자 백리령하의 전음이 이어졌다.

  [저 사람은 정말 양민을 위해 이 전쟁에 뛰어들었고 대무신가를 사람들을 위해 없애야겠다는 진정성이 보여. 그래서 나도 정말 저 사람을 믿는데…… 이유는 모르겠지만 두려워…….]

  백리령하의 믿는데 두렵다는 말에 곽청비의 표정이 굳어졌다. 그녀 역시 백리령하와 같은 감정을 느끼고 있었기 때문이었다.

  동시에 장내가 조용해졌다. 진무성의 말이 갑자기 끊어졌기 때문이었다. 진무성의 얼굴은 살짝 굳어졌다. 그도 백리령하의 전음을 들었던 것이다.

  그가 충격을 받은 것은 자신에게서 마노야의 인격이 아

직도 남아 있을지 모른다는 생각 때문이었다.

하지만 군웅들은 진무성이 말을 멈추자 뭔가 충격적인 말을 하려나보다 하고는 긴장한 눈으로 그를 주시할 뿐이었다.

잠시 침묵이 이어지고, 다시 마음을 잡은 진무성이 입을 열었다.

"그래서 저는 대무신가 즉 천년마교와 가장 선두에서서 싸우는 연맹체를 만들기로 했습니다. 맹의 이름은 군림맹입니다."

진무성의 발언은 이미 예상을 하고 있던 사람들에게도 충격적으로 들렸다. 연맹체를 만든다 해도 창방식이 끝난 후 정파들만 모인 자리에서 할 것이라고 생각했지 이렇게 모두가 있는 곳에서 공식적으로 발표를 할지는 생각을 못했기 때문이었다.

그럼에도 장내는 여전히 조용했다. 충격에 비해 누구도 진무성의 말에 반박을 하지 못한다는 것은 그들에게 진무성이 두려운 존재가 되었다는 것을 여실히 보여 주는 증거였다.

"천의문과 함께 군림맹을 이끄실 천외천궁과 검각을 소개합니다."

하지만 이어지는 다음 말에는 결국 침묵이 깨지고 말았

다. 정파의 숨겨진 수호자라는 말을 듣는 천외천궁과 검각이 천의문과 함께 맹을 결성했다는 것은 정파인은 물론 천존마성과 암흑무림에게도 경악할 소식이었다.

'뭐? 천외천궁과 검각이…… 저들이 왜?'

'이거 무림 판도가 완전히 뒤집어진 것 같은데…… 아무래도 지존께 새롭게 판을 짜야 한다고 빨리 보고해야겠다.'

자전신마와 만수겁륜 역시 얼굴이 급격하게 굳어졌다. 천외천궁과 검각이 창룡과 손을 잡았다는 것은 대무신가를 상대하기 위해서라고 명분을 내세웠지만 그들의 칼날이 마도와 사파를 향하지 않을 것이라는 보장은 어디에도 없었다.

만약 군림맹이 다른 생각을 품는다면…….

장내의 웅성거림이 점점 커졌다. 하지만 막상 진무성에게 군림맹에 대해 묻는 사람은 아무도 없었다.

누군가 먼저 따지는 자가 있다면 동조해 줄 마음을 가진 사람들은 있었지만 먼저 나서서 창룡과 척을 지고 싶지는 않기 때문이었다.

진무성의 팔이 올라가자 웅성거림이 멈추기 시작했다. 그러자 몇몇 문파 사람들의 얼굴에는 조급함이 나타났다.

지금 나서지 않는다면 더 이상 군림맹에 대해 딴지를 걸기는 힘들어진다. 공식적인 자리에서 발표를 했고 누구도 이의를 제기하지 않았다면 묵시적으로 인정을 한 꼴이 되기 때문이었다.

하지만 무림맹을 대표해서 온 단목환까지 가만있는 상황에서 나설 수 있는 사람은 없었다.

\* \* \*

군림맹의 창맹까지 일사천리로 끝낸 천의문의 개파대전이 끝나고 잔치가 시작되자, 각 문파의 책임자들의 발걸음이 바빠졌다.

삼삼오오 모여 심각한 표정으로 대화를 나누는 사람들도 있었고, 진무성과의 만남을 청하는 사람들도 있었다. 대부분은 군림맹이 화제의 중심에 있었다.

어떤 정파에서 맹에 들어가겠느냐고 말하던 자들도 천외천궁과 검각이 들어갔다는 소식에는 큰 충격을 받은 듯했다.

"진 문주가 지금 만남을 가지고 있는 문파가 그들이라고요?"

이제 천의문의 문주가 된 진무성이 공식적인 첫 행사로

만난 문파에 대한 얘기를 들은 사람들은 표정이 편치 않았다.

남궁세가와 제갈세가, 당가, 그리고 형산파와 개방까지 다섯 문파의 책임자들을 진무성이 가장 먼저 불렀기 때문이었다.

소림과 무당, 화산등 정파의 기치를 내건 이상 누구보다도 먼저 만나야 할 문파들을 제치고 그들을 먼저 만났다는 사실은 그들 사이에 창룡과 뭔가 있다는 심증을 주기에 충분했기 때문이었다.

반 시진 가까이 대화를 나누던 그들이 나오고 다음으로 들어간 사람들은 소림과 무당 등 구파일방에 속한 문파들이었다.

"어르신들을 먼저 만나야 한다고 많은 분들이 그러시더군요. 하지만 사람에게는 자신을 먼저 알아준 분들에 대한 예의와 배려라는 것이 있다고 생각합니다. 절대 어르신들을 무시해서 그런 것은 아니라는 점을 분명하게 말씀드리겠습니다."

천효대사와 송양진인 등 여섯 문파의 책임자들을 만난 진무성은 그들의 순서가 뒤로 밀린 것에 대한 변명을 먼저 했다.

정파에게 체면은 무엇보다도 중요하다는 것을 알고 있

었지만 자신에게 우호적인 문파를 나는 먼저 우대한다는 것을 모두에게 각인시키기 위해서 그는 불문율을 따르지 않은 것이다.

"아미타불! 지금 많은 문파에서 군림맹에 대해 우려를 하고 있습니다. 진 문주께서 정파인들의 불안감을 해소할 수 있는 조치를 취해야 하지 않을까 싶은데 어떻게 생각하십니까?"

"제가 정파를 표방하고 천외천궁과 검각은 모두가 인정하는 정파의 수호 세력이 아니겠습니까? 그들이 모여 마교를 최전방에서 상대를 하겠다면 오히려 격려를 하고 도움을 주실 방안을 찾으셔야지 불안을 느끼신다니 좀 이해가 안 갑니다."

"원시천존! 진 문주의 말씀이 맞습니다. 심정적으로 분명히 맞지만 무림이라는 곳이 심정적으로만 돌아가지를 않습니다."

송양진인의 말에 진무성은 고개를 끄덕이며 말을 받았다.

"그러니까 심정적으로 뜻은 알겠지만 심정적으로 여전히 저를 믿을 수는 없다! 그런 뜻입니까?"

심정적이라는 단어를 연달아 사용한 것은 송양진인의 말이 모순적이라는 것을 지적한 것이었다.

"후우~ 원시천존…… 빈도도 설명을 하기가 참 어렵습니다. 하지만 정파는 그런 격식과 명분 그리고 다른 문파에 대한 의구심을 풀어 주는 배려가 단결을 이끌어왔다고 보아도 무방합니다. 진 문주께서도 다른 것은 생각하지 마시고 그냥 배려라고 생각해 주시면 어떻겠습니까?"

 송양진인은 곤혹스러운 표정으로 답했다.

 천하의 소림과 무당이 이렇게 사정조로 말한다는 자체가 진무성의 위상이 얼마나 대단해 졌는지 보여 주는 방증이었다.

 그리고 이미 한 수 접어 주고 있는 그들을 요리하는 것은 마노야의 지혜를 가진 진무성에겐 너무 간단한 일이었다.

5장

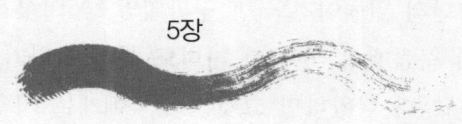

"어르신들의 고언을 제가 어찌 허투루 듣겠습니까? 하지만 배려라면 어떤 배려를 어떻게 하라는 것인지 좀 자세히 말씀을 해 주십시오."

진무성의 말은 공손했지만 답을 하기는 매우 어려운 반문이었다.

화기애애한 만남이 지금의 그들에게는 반갑기만 한 것이 아니었다.

그들은 최소한 격론을 벌였다는 명분이라도 보여야 했다.

군림맹 창맹에 대한 발표를 듣고도 한 마디도 못한 상황이었다.

한데 개인적인 만남에서도 정파를 대표하고 무림맹의 맹주단의 일원이기도 한 구파일방 중 여섯 문파의 대표들이 군림맹에 대해 한 마디도 못하고 화기애애한 대화만 나누다 나왔다면 그것은 정파에게는 치욕이 될 수도 있기 때문이었다.

하지만 진무성의 공손한 태도가 격론을 시작하는 것조차 어렵게 하고 있었다.

진무성의 반문을 들은 화산의 태운자가 나섰다.

"진 문주, 빈도는 화상의 태운자라고 합니다. 빈도가 말씀을 드려도 되겠습니까?"

"그럼요. 뭐든지 허심탄회하게 말씀하십시오. 저는 경청할 준비가 되어 있습니다."

"지금 저희들이 진 문주께 무슨 말을 할 수 있는 위치가 아닙니다. 그러니 군림맹에서 어떤 계획이 있거나 이미 행사할 준비가 되어 있다면 실행하기 전에 무림맹에 방문을 먼저 해 서로 간에 의견 조율을 좀 하는 것이 어떨까 싶습니다."

자신들이 말해 봐야 차후 생길 수 있는 결과에 대한 책임을 지기 어려우니 무림맹을 방문해 달라는 말이었다.

사실 군림맹을 만든 것은 무림맹의 정책에 완전히 반하는 일로서 간다면 즉시 성토의 대상이 될 것이 뻔한데 굳이 방문을 해 안 좋은 일을 당할 필요가 없었다.

더욱이 진무성이 세운 맹의 향후 계획에 대한 허락을 받는 것이 어떠냐는 의미도 있어서 거의 내정 간섭에 준하는 불쾌한 말이었지만 진무성은 개의치 않는 듯 미소를 띠며 흔쾌히 답했다.

"역시 무림의 대선배님답게 생각하시는 바가 깊군요. 알겠습니다. 제가 조만간 무림맹을 방문하여 맹주님 이하 원로 어르신들께 고언을 청하겠습니다."

진무성이 너무나도 공손했고 그들의 말을 모두 수용하자 아무리 무림의 대선배인 그들이었지만 도저히 진무성에게 나쁘게 대할 수가 없었다.

웃는 얼굴에 침 뱉는 것은 누구라도 어려운 일이었다.

'허허허~ 무량수불! 빈도가 상대할 그릇이 아니로구나……'

태운자는 혀를 찰 수밖에 없었다.

분명 진무성은 경청하겠다, 방문을 하여 고언을 청하겠다. 등등 그들의 말을 다 들어 주겠다며 기분은 좋게 했지만 사실 그들이 원하는 제대로 된 대답은 들은 것이 전혀 없었다.

군림맹의 창맹에 대해 다시 한번 생각해 보라는 말이 입밖까지 나왔지만 누구도 그 말을 꺼내지 못하고 있다는 것이 진무성의 태도와 화술에 모두 넘어갔음을 알 수 있었다.

\* \* \*

"문주님께서 두 분께 들어오라고 하셨습니다."
 접견 차례가 되었다는 말에 집무실 앞에 대기하고 있던 자전신마와 만수겁륜은 서로를 마땅치 않은 표정으로 보면서 대화도 섞지 않고 있었다.
 분명 독대를 원했는데 둘을 같이 들어오라니…….
 "우린 일행이 아닌데?"
 "문주님께서도 아시고 계십니다."
 자전신마의 말에 안내를 맡은 무사가 간단히 답했하고는 문을 열었다. 질문은 들어가서 하라는 뜻이었다.
 둘은 떨떠름한 표정을 지으며 안으로 들어갔다.
 집무실은 들어오는 문과 나가는 문이 따로 있었다. 먼저 대화를 나눈 사람들의 표정을 다음에 들어오는 사람들이 보지 못하게 하기 위한 조치였다.
 "작은 문파인데도 개파를 하고 나니 은근히 바쁘네요. 귀하신 손님을 기다리게 해서 정말 죄송합니다."
 둘을 보자 진무성은 반갑다는 듯 포권을 하고는 자리를

권했다. 앞에 들어갔던 사람들이 다섯 명이었는데 지금은 의자가 둘만 있는 것으로 미루어 누군가 손님 수에 맞추어 계속 바꾸고 있음을 알 수 있었다.

탁자에 놓인 김이 모락모락 나는 두 잔의 찻잔은 그 둘을 같이 만나는 것이 갑자기 정한 것이 아닐지도 모른다는 생각이 들게 만들었다.

"진 문주님께서는 천존마성과 암흑무림을 같은 부류로 생각하시는 모양입니다만 천존마성은 암흑무림과 이렇게 한 자리에 있는 것조차 치욕적으로 생각하는 곳입니다."

"자전신마! 나도 네놈과는 한 자리에 있는 것이 너무 싫은 사람이다!"

당장이라도 사생결단이라도 할 듯, 벌떡 일어선 둘의 얼굴이 갑자기 일그러졌다.

그들의 온몸을 찌릿하게 만드는 강력한 살기 때문이었다.

어찌나 살기가 강한지 그들은 순간 몸이 마비될 정도였다.

"창방식 전의 저는 개인 진무성이었지만 개파를 한 지금은 한 문파의 문주입니다. 그런데 제 앞에서 이런 행동을 하신다는 것은 천의문을 욕보이려고 하는 것으로밖에는 해석이 안 되는군요."

심장이 얼어붙을 것 같은 싸늘한 목소리가 그들의 귀를 찔러 오자 둘의 표정은 사색이 되었다. 조금이라도 더 싸움을 이어 간다면 진무성에 의해 죽을 수도 있다는 것을 직감했기 때문이었다.

"제가 실수를 했습니다."

 자전신마가 태세 변환을 하며 포권을 하자 진무성은 만수겁륜을 쳐다보았다. 넌 왜 가만히 있느냐는 의미였다.

"……저도 순간 흥분을 한 것 같습니다. 죄송합니다."

"그럼 다시 앉으시지요. 오늘처럼 좋은 날 왜 싸우십니까?"

 환하게 미소를 지으며 부드럽게 말하는 진무성을 보는 둘의 표정이 매우 묘하게 일그러졌다.

 살기는 사라졌지만 그 느낌은 여전히 남아 그들을 소름 치게 했다.

 그런데 방금 보였던 싸늘함이 순식간에 부드러워지는 진무성의 행태는 절대 평범한 사람이 보일 수 있는 모습이 아니었기 때문이었다.

 둘이 앉자 진무성이 다시 입을 열었다.

"저도 마도와 사파를 같다고 보지 않습니다. 같다면 사람들이 굳이 따로 분류하지는 않았을 테니까요. 그럼에도 두 분을 같이 부른 것은 천존마성과 암흑무림의 목적이 같다고 판단했기 때문입니다. 만약 제 말이 틀렸다고 생각하시면 말씀하십시오. 그럼 제가 따로 자리를 마련하겠습니다."

목적이 같다…….

난 너희들이 무슨 수작을 부리려고 하는지 다 알고 있다는 것을 보여 주는 의미심장한 말이었다.

하지만 둘은 반박을 하지 못했다.

개개는 것도 어느 정도는 버틸 수 있어야 하는 법이었다. 하지만 방금 느낀 살기에 그들은 이미 주눅이 든 상태였다.

수십 년을 강호에서 온갖 험한 꼴을 다 겪으며 이젠 마황급이라는 말을 듣는 초절정 마두인 그들이 겁을 먹었다는 것은 싸움 자체가 안 된다는 판단 때문이었다.

"저희의 목적을 아신다는 말씀입니까?"

"암흑무림과는 저와 좀 악연이 있으시지요. 사실 그 사건은 대무신가 때문에 오해가 생겨서 일어난 일이라 언젠가 해명할 기회가 오기를 기다렸습니다."

"림주님께서도 그 사건에 대무신가가 끼어 있을 것이라고 생각하고 계셨습니다. 진 문주님과 저희 암흑무림과는 척을 진 것이 전혀 없었으니까요."

진무성이 인신 매매 조직을 제거하는 와중에 암흑무림

이 연관이 되어 있어 죽이게 된 것은 진무성도 알고 암흑무림도 알고 있었다.

하지만 둘은 마치 약속이라도 한 듯 대무신가 때문에 벌어진 일이라 말하고 있었다. 더 이상 싸우지 말자는 무언의 합의였다.

"두 분께서는 제가 천존마성과 암흑무림의 세력을 침범할까 그게 걱정이시지요?"

"하하하! 진 문주께서 그런 강호의 도의에 어긋나는 일을 하실 거라고는 생각지 않습니다. 다만 절강과 광동은 복건성을 가운데 두고 있지만 세력을 키워 나가는 와중에 예기치 않은 일이 벌어질 수도 있지 않겠습니까? 그것을 미연에 방지하고자 할 뿐입니다."

"복건성 얘기를 하셨으니까 서로 복건성에 들어가는 것을 지양하는 것이 어떻겠습니까? 복건성을 본 문과 천존마성 간에 평화지대로 두는 것이지요. 그렇게 되면 우발적이라도 서로 부딪칠 일이 없지 않겠습니까?"

진무성의 말은 일견 타당성이 있었다. 복건성은 공식적으로 천존마성이나 천의문의 세력이 아니었기 때문이었다.

하지만 신생 문파인 천의문이 복건성에 교두보가 없는 것은 당연했지만 이미 복건성의 반을 암묵적으로 다스리고 있던 천존마성에게는 받아들일 수 없는 조건이었다.

"그건…… 조금 본 성에는 불합리한 것 같습니다."

"천의문과 직접적으로 부딪치지 않기 위해서는 가장 좋은 해법 같은데 받아들이지 않으신다면 천의문에서 복건성에 들어가도 괜찮다는 말이십니까?"

자전신마의 표정이 살짝 구겨졌다. 진무성이 자신의 의도와는 다르게 말을 해석했기 때문이었다.

물론 진무성이 진짜 그의 말의 의도를 몰라서 그렇게 말한 것은 아니었다.

"본 성에서도 문주님의 말을 반대하는 것은 아닙니다. 다만 지금 영향력을 행사하고 있는 구역은 서로 인정을 해 주는 것이 공정한 것이 아니겠습니까?"

불공정을 밥먹듯 하는 마도가 공정이라는 말을 꺼냈다는 자체가 이미 한 수 접고 들어가고 있다는 증거였다.

거기다 현재까지의 구역은 인정하자는 말은 그동안 천존마성이 추구하던 북진을 포기한다는 말도 되기에 그들로서는 대단히 큰 양보를 한 것이기도 했다.

"글쎄요? 전 그게 공정한 것 같지는 않습니다. 공정이라면 서로 간에 납득이 될 조건을 같이 맞추는 것이라 생각합니다. 그런데 천존마성은 복건성에 이미 들어가 있으니 그건 인정하고 천의문은 복건성에 들어가지 말라는 것인데 받아들이기 좀 어렵지 않겠습니까? 만수검륜 선배님께서는 누구 말이 맞다고 생각하십니까?"

갑자기 화살이 자기에게 날아오자 만수검륜은 당황하지 않을 수 없었다.

"두 문파의 일인데 제가 어찌 함부로 말을 하겠습니까?"

"이런 문제를 물어볼 수 있는 사람이 한정이 되어 있지요. 정파는 분명 제 말이 옳다고 할 것이고 마도는 천존마성의 말이 맞다고 하지 않겠습니까? 그렇다면 정파도 마도도 아닌 사파에서 판단을 해 주는 것이 가장 공평하지 않겠습니까?"

정파와 사파 그리고 마도는 서로 앙숙 관계이니 언뜻 들으면 이 말도 타당해 보였다.

자전신마는 급히 반박을 하려고 했다.

암흑무림에서 천존마성편을 들어 줄 리 없었기 때문이었다.

하지만 그는 입을 열 수 없었다. 진무성이 손을 들어 그의 입을 막았기 때문이었다.

"공정한 판단을 위해서는 자전신마 선배님께서도 잠시 말을 멈추고 우선 들어 보시지요."

만수검륜의 눈이 떼굴거리기 시작했다. 중립을 지킨다는 명분으로 답을 하지 않을 수도 있었다. 하지만 그의 목적은 천존마성이 아니라 진무성과 친분을 쌓는 것이었다.

"제 판단이 맞다고는 할 수 없지만 진 문주님의 말이 더 공정하고 타당하다고 느껴집니다."

자전신마의 얼굴이 일그러졌다. 분명 이런 상황을 유도한 것이 진무성이니 그에게 화를 내야 마땅했지만 그의 분노는 만수검륜에게 향했다.

"그럼 만수검륜 선배님도 제 의견에 동조하시니 자전신마 선배님도 성주님께 제 뜻을 잘 말해 주십시오. 사실 지금 저의 목표는 대무신가를 없애는 것이지만 그 전에 또 할 일이 있어서 이런 사소한 문제를 가지고 왈가왈부할 시간이 없습니다."

"대무신가보다 더 급한 일이 있다는 말입니까?"

만수검륜이 슬쩍 물었다.

창룡의 행보를 알아오는 것도 그의 임무중 하나였다.

"혈사련이 안 왔더군요. 아무래도 혈사련은 저를 적으로 삼은 모양입니다. 대무신가와 같은 강한 적과 싸우는데 또 다른 적을 옆에 두고 있을 수는 없지 않겠습니까?"

"그 말은 그럼?"

"혈사련을 없애려고 합니다."

혈사련을 없애려고 한다는 진무성의 말은 그들을 더욱 긴장하게 했다. 만약 그들이 이곳에 오지 않았다면 혈사렴과 같이 제거 대상에 올랐을 수도 있다는 말이 아닌가…….

"……"

둘다 답이 없자 진무성이 슬쩍 물었다.

"혹시 천존마성에서 혈사련을 돕거나 하시지는 않겠지요?"

"천존마성과 혈사련은 견원지간에 비견될 정도로 사이가 안 좋습니다. 절대 그런 일은 없을 것입니다."

진무성은 다행이라는 표정을 지며 이번에는 만수검륜을 쳐다보았다.

넌 도울래 말래 묻는 표정이었다.

"암흑무림에서 혈사련을 돕는 일은 있을 수 없습니다."

둘의 대답을 들은 진무성의 입가에 미소가 떠올랐다.

잠깐의 접견, 말 몇 마디로 천존마성과 암흑무림간에 대립을 더 심화시켰고 혈사련까지 고립무원(孤立無援)으로 만들어 버린 것이었다.

그가 생각하고 있는 각개격파 전법의 시작이었다.

\* \* \*

천의문의 개파대전은 삼 일이나 이어졌다.

보통은 왔다는 생색만 내기 위해 창방식만 참석했다가 곧장 돌아가던 무림의 내로라하는 문파의 원로들조차 삼 일 내내 자리를 지켰다.

심지어 진무성과의 면담을 위해 계속 만나기를 청하는 사람도 많았다.
 다행히 순서는 좀 밀려도 진무성은 만나고자 하는 사람은 다 만났다.
 그저 만남을 마치고 나온 사람들은 어떤 대화가 오갔는지 아무도 입밖으로 발설하지 않아서 더욱 궁금증을 자아낼 뿐이었다.
 다만 그와의 만남 이후 환해진 표정으로 떠난 사람들도 많았지만 오히려 수심을 안고 떠난 사람들도 꽤 있는 것으로 미루어 만난 사람들마다 화제가 달랐음을 짐작할 뿐이었다.
 육백 명의 새로운 문도를 받아들였다고 발표는 했지만 비무대회는 계속 이어지고 있었다. 상위로 올라갈수록 높은 봉급과 지위를 받을 수 있기에 비무대회는 상당히 치열했고 갈수록 그 열기는 뜨거워졌다.

 "생각 외로 무공이 강한 자들이 많이 지원을 했습니다. 이대로만 되면 천의문이 단숨에 무림 오대 세력 안에 들 정도입니다."
 정청에 모인 천의문 간부들은 우선 비무대회의 진행 상황부터 보고를 했다.

다른 문파와의 정치적인 문제는 진무성이 모두 전담하고 있는 상황에서 천의문에게 가장 중요한 것은 새로운 문도들을 뽑고 조직을 재편하는 것이었다.

"오 당주, 간세들에 대한 조사는 어떻게 되고 있나?"

호법인 벽력신군의 질문에 내당 당주인 천뢰신검은 조심스럽게 답했다.

"솔직히 총관부에서 개별적으로 조사를 진행하고 있기는 하지만 낭인 출신들도 많고 확실한 신원을 보증할 만한 지인이 있는 사람도 많지 않아서 어느 정도 간세가 들어오는 것은 감안해야 할 것 같습니다."

사실 천의문 자체가 전 무림의 주목을 받고 있는 상황에서 한 번에 너무 많은 문도를 뽑고 있기에 간세를 들이려는 세력들에게 지금은 최적의 기회일 수밖에 없었다.

"우선 신원이 확실한 사람들은 요직에 앉히고 비무 성적이 좋더라도 신원이 불확실한 사람은 단순 무력단에 배치하여 좀 더 지켜보다가 직책을 주는 것이 안전할 것 같습니다."

동정삼옹의 추천으로 장로에 합류한 난주일검 신도곤의 제안에 모두는 고개를 끄덕였다. 당장 그것만큼 좋은 방법은 없기 때문이었다.

"그리고 총단 기습 사건에 대해 알고 있을 것이오. 본 호법은 그 싸움에 직접 가담했었는데 정말 믿기 어려울 정도로 강한 자들이었소. 문주님께서는 다음 기습은 더 강한 자들이 올 수도 있다고 하셨소. 빨리 조직을 정비하면 경계 태세부터 다시 점검해야 할 것이오."

벽력신군의 말에 모두의 표정이 침중해졌다.

철마종과 독마종이 총단을 제 집 드나들 듯 드나들었음에도 아무도 그것을 잡아내지 못했기 때문이었다. 만약 진무성이 먼저 대비를 하고 있지 않았다면 독이 총단 전체에 퍼졌을 것이고 이후, 일어날 일은 생각하기도 끔찍할 혈겁이 됐을 것은 너무도 자명했다.

"제갈세가에서 총단 주위에 방어진을 설치해 주겠다고 했으니 조금은 안심이 되지만 적이 우리의 상상을 뛰어넘을 정도로 강하다는 것이 이제 증명이 되었으니 조금의 방심도 있어서는 안 될 것입니다."

대무신가가 천년마교라는 소문을 긴가민가하며 의심하는 문파들이 여전히 존재하고 있었지만 천의문의 간부들은 그 사실을 모두 믿었다.

바로 진무성이 그렇다고 했기 때문이었다. 이제 그들에게 진무성은 신앙과도 같을 정도로 믿음을 주는 존재가 되어 있었다.

* * *

"수고 많으셨습니다."

단목환의 치하에 진무성은 겸연쩍은 미소를 지며 말했다.

"제 일인데 수고랄 것이 무에 있겠습니까? 오히려 단목공자님께서 저 때문에 고생을 많이 하신 것으로 압니다. 죄송하고 감사할 따름입니다."

군림맹의 창맹 선언으로 가장 많이 시달린 사람은 단목환이었다. 천효대사 등 정파를 대표하는 어른들 있었지만 무림맹을 대표해서 창방식에 온 사람은 바로 단목환이었기 때문이었다.

특히 여전히 진무성을 믿지 못하거나 이유 없이 반감을 가진 사람들은 무림맹을 반하는 행동을 하는 진무성을 왜 확실하게 경고하지 않느냐며 그를 몰아세웠다.

그때마다 그는 반문을 했다. 그리고 그 질문을 들으면 모두 입을 닫고 더 이상 그를 몰아세우지 않았다. 아니 못했다.

- 마교와의 싸움이 시작되면 군림맹에서 가장 앞에 써서 싸우겠다고 합니다. 원하시는 대로 맹에 돌아가서 군

림맹의 창맹을 막아 달라고 하면 대신 자파의 제자들을 선봉에 내보내시겠습니까?

이미 독마종과 철마종을 상대하면서 적들이 얼마나 강한지는 모두 체감한 상황이었다.
그런 적들과의 전쟁에서 선봉에 선다는 것은 엄청난 피해를 감수할 준비가 되어 있어야 했다.
물론 누군가는 반드시 선봉에 서야 한다. 그런데 그 누군가가 다른 문파의 제자라면 영웅적인 행동이라며 칭송을 하겠지만 막상 자파의 제자가 선봉에 서는 것은 누구도 원치 않는다는 것이 문제였다.
단목환의 말은 그들의 정곡을 찔렀고 더 이상 군림맹을 막아야 하느니 하는 말을 꺼내지 못했다.
"아직 진 문주님께 의구심을 가지고 있는 분들이 있습니다. 그분들의 마음을 돌리는 것도 진 문주님께는 중요한 과제가 될 것입니다."
"제가요? 왜 제가 저를 거부하는 분들의 마음까지 헤아려야 한다고 생각하십니까?"
"그게 무림의 영웅이 되시면 어쩔 수 없이 갖게 되는 일종의 짐이겠지요."
"그렇다면 저는 해당 사항이 없군요. 제가 보기에 무림에 진짜 필요한 영웅은 단목 공자님이십니다."

"진 문주님은 영웅이 인위적으로 만들 수 있다고 생각하십니까? 이미 천하는 진 문주님을 영웅이라고 받들고 있습니다. 그건 진 문주님께서 원하든 원치 않든 문제가 안 됩니다. 이미 영웅이 되셨으니까요. 제가 진 문주님 말씀대로 먼 훗날 또 다른 영웅이 될 수도 있겠지요. 하지만 그렇다고 진 문주님의 자리를 대신할 수 있는 것은 아닙니다."

"단목 공자님께만 드리는 말입니다만 전 대무신가만 없애면 조용한 곳으로 들어가 무림을 잊고 살아갈 계획을 가지고 있습니다. 무슨 의미냐 하면 제 목표는 대무신가를 없애는 것이지 정파 전체를 아우르며 같이 가는 것이 아니라는 뜻입니다."

"그것은 대무신가를 없앤 다음에 생각할 일인 것 같습니다. 그리고 그때까지는 진 문주님께서 정파의 구심점이 될 수밖에 없습니다."

'도대체 이들은 아니라는데 왜 자꾸 나를 영웅으로 몰아가려는 거지?'

백리령하도 곽청비도 이제는 단목환까지 자꾸 자신을 빠져나갈 수 없는 곳으로 몰아가는 것 같다는 생각이 들었다.

그것이 몰아가는 것이 아니라 영웅에게 당연히 따라오는 기대감이라는 것을 그는 아직은 모르고 있었다.

\* \* \*

초인동 사공무경의 집무실 안에는 초인동의 간부들은 물론 대무신가의 사공무천과 군사인 정훈 그리고 장로 조규환까지 사공무경이 없는 대무신가를 임시 지휘를 하는 간부진까지 모두 모여 있었다.

너무나도 믿을 수 없는 보고를 받았기에 대무신가의 간부들까지 모두 달려온 것이었다.

"너희는 대무신가의 일에만 집중하라고 했거늘 왜 자꾸 이곳에 오는 것이냐?"

사공무경의 질책에 사공무천이 침통한 표정으로 입을 열었다.

"방금 터, 터무니없는 정보가 들어왔습니다."

사공무천의 말투와 표정만으로도 무슨 보고인지를 짐작한 사공무경은 전혀 흔들림 없는 말투로 반문했다.

"천의문에 갔던 아이들이 실패했느냐?"

"실패 정도가 아니라 모두 전멸했다고 합니다."

"전멸? 내가 예측했던 여러 결과 중 최악의 결과가 벌어졌군……."
 당연히 엄청 분노할 것으로 생각하고 보고를 하던 모두는 뜻밖의 반응에 어리둥절한 표정을 지었다.
 "가주님, 창귀에 대한 대책을 전반적으로 수정해야 한다고 생각합니다."
 사공무경은 대답없이 정운을 보며 물었다.
 "상황에 대한 정보는 받았느냐?"
 "예! 저희 간세들 여럿이 그 자리에서 싸우는 것을 다 보았다고 합니다."
 "다 보았다니 그게 무슨 말이냐?"
 "그게……."
 정운은 만찬이 시작된 후부터 독마종을 진무성이 잡아내기까지의 상황을 세세하게 말했다.
 정파에 간세가 몇 명이나 있기에 단 며칠 만에 이렇게 자세한 보고가 들어간 것일까…….
 보고를 듣던 사공무경의 자신의 생각과 다른 지점을 발견한 듯 물었다.
 "정운."
 "예! 가주님."
 "난 분명 창방식 날 공격을 하라고 했다. 내 말을 절대 어기지 않을 철마종과 독마종이 왜 내 말을 따르지 않았을까?"

"마종님들께서는 현장 상황에 따라 계획을 바꿀 수 있는 재량권이 있습니다. 아마도 그래서……."

"재량권이 있지…… 하지만 완벽하게 확실하다고 판단했을 때만 그 재령권을 쓴다. 그럼에도 왜 하루 전에 기습을 했을까?"

하루 차이인데 뭐가 다르겠는가? 생각하겠지만 지시한 사람이 바로 사공무경이기 때문에 대단히 중요한 사안이 될 수밖에 없었다.

"제가 어찌 마종님들의 생각을 함부로 판단하겠습니까 다만 만찬이 계획을 바꾸시는 데 일조를 하지 않았을까 싶습니다."

"그래, 네 말이 맞다. 천의문 총단에 모인 정파의 손님들 전부가 참석하는 만찬이라면 독마종에게는 도저히 지나칠 수 없는 절호의 기회로 받아들여졌을 것이다. 정말 대단한 놈이 아니더냐?"

"예? 그게 무슨……."

"창귀 그놈이 벌인 일들을 보면 처음에는 마구잡이로 행동한 것 같았지만 결국은 목적이 있다는 것이 밝혀진다. 그렇다면 그 만찬 역시 의도된 것일 게 분명하다. 독마종의 존재를 이미 예측하지 않았다면 그런 계획을 짤 수 있겠느냐?"

 화를 내도 모자랄 판에 오히려 칭찬을 하는 것 같은 말에 모두는 어리둥절한 표정으로 사공무경을 쳐다보았다.

 "그럼 가주님께서는 창귀가 우리의 계획을 모두 예측하고 함정을 팠다고 보시는 것입니까?"

 정운이 반문에 사공무경은 비소를 그리며 되물었다.

 "왜? 아닐 것 같으냐?"

 "그렇게까지 예측을 한다는 것은 가주님은 가능하시겠지만 다른 인간의 머리로는 불가능합니다."

 "인간의 머리가 아니라면 가능하다는 말도 되겠구나? 독마종과 철마종이 함정이건 아니건 창귀에게 걸려 들어 싸움을 시작했다. 그런데 다른 초인들은 왜 아무도 돕지 않았을까?"

 "원래 계획이 다음 날이었으니 모르고 있었을 것으로 사료됩니다."

 "정운아, 미련해진 거냐 아니면 상황 파악이 덜된 것이냐? 네 말대로 몰라서 돕지 못했다면 지금 무엇을 하고 있는지는 보고가 들어왔어야 하지 않느냐? 그래 보고가 들어온 것이 있느냐?"

 "……."

 사공무경의 말에 모두는 감히 어떤 말도 꺼내지 못했

다. 그들도 모두 죽었다고 보는 것이 합당한 판단이기 때문이었다.

그러자 사공무경은 다시 말했다.

"전투 상황이나 어땠는지 말해 봐라."

"예!"

"철마종님은 정파 여러 명의 협공을 받으셨고 독마종님은 창귀와 단독으로 싸우셨다고 합니다. 독마종님께서 먼저……."

직접 본 자의 보고인지 싸움의 묘사는 아주 세밀했다. 그리고 듣는 모두의 표정 역시 그리 밝지는 않았다. 언제든지 제거가 가능한 자에서 심상치 않은 인물로 평가가 바뀌고 있었다.

특히 마지막 독마종이 죽는 상황에 대한 설명을 듣는 모두의 표정은 경악 그 자체였다.

"창을 주무기로 쓰는 놈이 독마종과 손바닥을 맞대고 내공싸움을 벌였단 말이지?"

"보고서에는 분명 그렇게 쓰여 있었습니다. 내공 싸움이 본격적으로 시작이 되었고 처음에는 창귀의 손이 시커멓게 변하며 독마종님이 쉽게 제거할 수 있을 것 같았답니다. 그런데 창귀의 몸에서 검붉은 강기가 나타나는가 싶더니 갑자기 독마종님이 밀리기 시작했다고 합니다."

 검붉은 강기라는 말에 사공무경의 눈에 이채가 나타났다. 그리고 급히 물었다.

 "죽음의 순간은 어땠느냐?"

 "독마종님께서 괴로워하시는가 싶더니 순식간에 목내이처럼 바짝 말라서 쓰러졌다고 합니다. 그리고……."

 "그리고 뭐냐."

 "온몸이 녹아 내렸다고 했다."

 "정말이냐?"

 "보고서에는 분명 그렇게 적혀 있었습니다."

 "하하하하! 이제 보니 하늘이 나를 방해하라고 보낸 놈이 사실은 내게 큰 선물이었구나 하하하!"

 사공무경은 갑자기 파안대소를 터뜨렸다.

 그가 아니었다면 '미친 것 아니야?'라는 의문이 들 정도로 괴이한 반응이었다.

 사공무경의 도저히 이해가 되지 않는 모습에 모두는 어찌 해석을 해야할 지를 알 수가 없었다.

 이럴 때는 무조건 침묵이 최고라는 것을 아는 모두는 아무 말 없이 고개를 조아릴 뿐이었다.

 그러자 사공무경의 모두를 보며 물었다.

 "내가 이상하게 보이느냐?"

"아, 아닙니다!"

"마교에는 상대의 내공을 빨아들이는 아주 무서운 마공이 존재한다. 바로 흡성마공이다. 상대의 내공을 빨아들여 자신의 내공으로 삼을 수 있기에 내공을 늘리는데는 진짜 최상의 무공이지. 그런데 마냥 내공을 늘려 금방 최고의 고수가 될 것 같은 흡성마공이었지만 막상 그것으로 대성한 마교의 고수는 거의 없었다. 그 이유를 아느냐?"

"받아들인 내공들의 기가 모두 달라 어느 한계에 도달하면 상충되는 기들을 달래지 못해 주화입마에 걸리는 등의 부작용이 있었다고 저는 알고 있습니다."

사공무일의 답에 사공무경은 고개를 끄덕이며 말했다.

"맞다. 아주 심각한 부작용이 있기에 흡성마공을 익히는 교도들이 차츰 사라지면서 흡성마공은 대단한 절기임에도 불구하고 지금은 거의 실전이 된 무공 취급을 받고 있다. 하지만 더 큰 이유는 흡성마공보다 더 효과가 좋은 마공이 만들어졌기 때문이다."

"천극혈성마공을 말씀하시는 것입니까?"

사공무천의 반문에 사공무경은 씨익! 미소를 지으며 말했다.

"네가 천극혈성마공에 관심이 많았지?"

"사성까지는 익혔지만 가주님께서 더 이상 수련을 하지 말라고 하셔서 멈췄습니다."

"그 이유를 아느냐?"

"제게 천극혈성마공이 맞지 않는다고 하셨습니다."

"천극혈성마공이 사성에 들어서면 익히는 사람이 그 이상을 버틸 수 있는지 없는지를 알 수 있다. 넌 더 익히면 안된다고 판단했기 때문에 멈추게 한 것이다. 그러면 천극혈성마공을 팔 성이상 익힌 사람은 몇 명이나 된다고 생각하느냐?"

"천마님의 수호사자셨던 천라마신님께서 팔성이상 익혔다고 들었습니다."

"천라마신이 팔성 이상을 익히면서 마교가 천하를 쟁패하는데 엄청난 활약을 했다. 아마 구마종 전부보다도 더 큰 공을 세운 것으로 알고 있지. 하지만 결국 마교는 천라마신 때문에 망하고 말았다. 천극혈성마공이 팔성을 넘으면서 너무 강해졌지만 머리까지 돌아 마교 자체를 붕괴시켰다. 그래서 천극혈성마공을 사성까지만 익히게 하고 아니다 싶으면 멈추게 하는 것이다."

"그런데 갑자기 왜 천극혈성마공은?"

사공무경이기에 듣기는 했지만 뜬금없는 천극혈성마공에 대한 설명에 모두는 의아하기만 했다.

"흡성마공은 독까지는 흡수하지 못한다. 하지만 천극혈성마공은 독은 물론 사람이 가지고 있는 선천지기마저 흡수할 수 있다."

"창귀가 천극혈성마공을 익히고 있다는 것이옵니까?"

"익힌 것만이 문제가 아니다. 독마종의 독강을 흡수할 정도의 경지가 되려면 천극혈성마공의 경지가 최소한 십성에 달해야 한다. 더욱 놀라운 것이 무엇인지 아느냐? 독마종의 독강을 흡수하고도 그놈은 중독이 되지 않았다는 것이다. 정말 놀랍지 않느냐? 하하하! 마노야 이놈이 정말 대단한 괴물을 만들어내지 않았느냐? 하하하하!"

아무리 마노야에 의해 만들어졌고 마교의 천극혈성마공을 익혔다해도 지금 분명히 그들의 적인 이상 절대 기뻐할 일이 아니었다.

하지만 사공무경은 단순히 기뻐하는 정도가 아니라 너무 좋아하는 모습을 보이고 있었다.

크게 기뻐하던 사공무경이 웃음을 멈추더니 모두를 보며 명했다.

"창귀에 대한 살해 명령을 취소한다. 누구도 창귀는 건드리지 마라. 그놈을 보면 무조건 피해라. 천의문에 대한 공격도 오늘부로 멈춘다."

"예에?"

"???"

이어지는 명령은 더욱 터무니없었다. 지금 대무신가의 대계에 가장 방해가 되는 창귀를 아예 건드리지 말라니…….

멍한 표정을 짓던 모두는 사공무경에게 그들이 모르는 또 다른 계획이 있음을 직감했다. 그리고 그것은 백 년이 넘게 준비해온 대계보다 더 중요한 것이분명했다.

도대체 사공무경은 무엇을 발견한 것일까…….

\* \* \*

"고생하셨습니다. 그리고 경하드려요."

개파대전이 끝나고 자신의 방을 찾은 진무성을 본 설화영은 공손히 인사를 드렸다.

"새삼스럽게 왜 이래?"

"이제 상공은 개인이 아니라 팔백 명의 문도를 가진 큰 문파의 문주입니다. 그만큼 높아지시고 커졌으니 새롭게 인사를 하는 것은 당연한 것입니다."

친구처럼 지내던 사이도 상대가 황제가 되면 신분은 하늘과 땅으로 변해버린다. 설화영은 진무성이 달라졌음을 상기 시켜 주려고 하고 있었다.

"우리끼리는 그러지 말자."

진무성은 그녀를 품에 안으며 말했다. 그가 마음의 평화를 얻는 시간이 그녀와 함께 있을 때였다. 이때만은 다른 모든 것을 잊고 그녀와 만의 시간을 가지고 싶었다.

"그래요. 저도 상공과 함께 있는 지금만은 그냥 상공만 생각하렵니다."

그녀도 진무성의 허리를 꼭 껴안으며 말했다.

하지만 세상일이 생각대로 되는 적이 얼마나 있을까…….

설화영을 안고 편하게 눈을 감고 있던 진무성은 아쉬운 표정으로 손을 풀며 말했다.

"쉴 시간을 안 주네."

"또 누가 찾아요?"

"그러게……."

진무성이 힘없이 답하자 설화영은 그의 손을 잡으면 말했다.

"빨리 가 보세요. 지금은 모든 사람들이 상공을 제일로 필요로 할 때입니다."

"알았어. 내가 시간 나면 또 들를게."

진무성은 떨어지지 않는 발걸음을 간신히 떼며 나갔다. 그리고 그런 모습을 보며 설화영은 미소를 지었다.

'창방식때 보니까 천하를 호령하시는 모습이었는데 이럴 때보면 꼭 어린애 같으셔…….'

그녀는 잠깐이라도 시간이 나면 자신에게 달려와 주는 진무성이 너무 고맙고 사랑스러웠다.

\* \* \*

문주 집무실에 들어선 진무성은 단목환을 보자 공손히 포권을 했다.

"이제 떠나신다고요?"

"저도 돌아가서 맹주님께 보고를 해야지요. 솔직히 좀 늦었습니다."

"이번 개파대전과 군림맹의 일은 단목 공자님의 도움이 아니었다면 이렇게 순조롭게 끝내기 어려웠을 것입니다. 공자님께서 감사드릴 뿐입니다."

"전 대승적으로 판단한 것 뿐입니다. 하지만 다른 정파의 어른들의 의견을 무시할 수는 없습니다. 그래서 이렇게 뵙기를 청한 것입니다."

"말씀하십시오."

"무림맹에 방문해 군림맹에 대해 맹주단에 직접 설명을 해 주십시오."

진무성은 어느 정도 예상했던 부탁이었는지 고개를 끄덕였다.

"단목 공자님의 부탁인데 당연히 들어드려야지요. 다만 저도 부탁을 하나 드려도 되겠습니까?"

말은 부탁이지만 요구라고 하는 것이 맞았지만 단목환은 그것도 다행인지라 즉시 답했다.

"무슨 부탁이든 들어드려야지요."

"맹주님께서 직접 저를 초청하는 방식을 취해 주실 수 있겠습니까?"

"맹주님께서 직접 말입니까?"

"예."

진무성이 무림맹을 방문하는 방식은 여러 가지가 있었다. 첫째는 진무성이 배첩을 보내고 무림맹에서 허락하는 방식이었다. 그 방식은 무림맹이 가장 선호하는 방식이었다.

두 번째는 무림맹에서 공식적으로 초청을 하는 것이었다. 첫 번보다는 상대를 더 우대하는 방식이었다. 하지만 두 방식 모두 무림맹이 우위에 있음을 보여주는 것은 같았다.

하지만 맹주가 직접 초청을 하는 방식은 얘기가 달랐다. 둘이 대등함을 만 천하에 공인해 주는 것이었기 때문이었다.

 그것은 군림맹에 대해 진무성의 설명을 듣기도 전에 인정부터 하는 것이나 마찬가지이기에 단목환으로서는 당황스러운 부탁이 아닐 수 없었다.

 "물론 맹주님의 권위에 오점이 될 수도 있다는 것을 압니다. 대신 저도 맹주님께 선물을 하나 드리겠습니다."

 "선물이요?"

 "어떤 선물을 말하시는 것인지요?"

 "정파의 안정을 가장 위협하는 세력을 제거해 드리겠습니다."

 현 상황에서 정파를 가장 위협하는 세력은 어디일까…….

 대무신가가 천년마교다 아니다로 말이 많은 상황이었다. 그리고 천년마교라고 판명이 되면 대무신가가 가장 위협적인 세력이 될 것이 분명했다.

 하지만 당장 현실적으로 가장 위협적인 세력은 혈사련이었다. 그들은 지금도 계속 북진을 꾀하고 있었고 구파일방 중 한 곳인 점창파를 끊임없이 압박하고 있었다.

 제갈세가와 형산파 역시 그들의 위협에 한시도 편할 날이 없을 정도였다.

 "설마, 혈사련을 말하시는 것입니까?"

단목환은 눈이 동그래져서 물었다.

"맹주님께서 제게 혈사련을 없애라고 하셔서 제가 움직인 것으로 하는 정도면 맹주님의 권위가 더 오르지 않겠습니까?"

만약 진무성이 맹주가 직접 초대해주는 보답으로 진짜 정파의 최대 골칫거리인 혈사련을 없앤다면 그것이야말로 무림맹으로서는 최고의 거래가 아닐 수 없었다.

"혈사련은 제거하는 것은 쉬운 일이 아닙니다."

"군림맹이 움직인다면 가능하다는 것이 제 판단입니다. 만약 단목 공자님께서도 도움을 주신다면 한결 수월해지겠지요. 다만 얼마나 은밀하게 그들을 기습하느냐가 관건이 될 것이니 혈사련을 없앨 때까지는 비밀을 엄수해 주셔야겠지요."

"알겠습니다. 맹으로 돌아가는 즉시 맹주님의 친서로 초대장을 보내드리겠습니다."

단목환은 확신하듯 말했다. 그의 마음도 한결 가벼워졌음을 알 수 있었다.

여전히 진무성의 저의를 의심하는 자들에게 혈사련을 제거하는 것 만큼 확실하게 자신을 증명하는 일은 없을 것이 분명했다.

"그럼 이제 무황도에서 뵙겠군요."

진무성도 편한 미소를 화답했다.

* * *

단목환이 떠난 진무성에게는 또 다른 일이 기다리고 있었다.

벽력신권이 기다렸다는 듯이 그를 찾아온 것이었다.

"무슨 일입니까?"

"백리공자님과 곽 검주님께서 군림맹의 무력단 조직체계에 대해 이의를 제기하셨습니다. 저희들이 조율할 수 있는 분들이 아니라 문주님께서 직접 가 보셔야할 것 같습니다. 죄송합니다."

"할 일을 하신 것뿐인데 죄송이라니요? 그런 말씀 하지 마십시오. 두 분은 지금 어디에 계십니까?"

"군림맹 지휘부 집무실에 계십니다."

군림맹의 지휘부를 천의문의 총단에 마련하는데도 이견은 좀 있었다. 하지만 현실적으로 다른 곳에 만드는 것은 안전상의 문제와 재정충당등으로 어려움이 있었다.

결국 진무성의 의견에 따라 천의문 총단에 군림맹 총단도 마련이 되었다. 그 덕에 천의문은 천외천궁과 검각의 제자들까지 거느린 모양새가 되면서 전력이 두 배 가까이 커지는 효과가 생겼다.

 누구도 천의문과 군림맹을 따로 볼 수 없었기 때문이었다.

 "제가 가 보겠습니다."

* * *

 천의문의 가장 큰 전각 전체가 군림맹 총단으로 사용이 되고 있었다.

 지휘부 집무실에는 백리령하와 곽청비가 천의문을 대표하여 군림맹의 장로로 선임된 진천창로 고재봉과 심각한 표정으로 대화를 나누고 있었다.

 원래 세 문파는 한 명씩 장로를 선임하기로 되어 있었다. 그래서 천외천궁에서는 검노가 검각에서는 죽검파파가 장로로 선임이 되었었다.

 허나, 철마종과의 혈투 후에 궁마종과 싸움에서 입은 내상이 다시 재발하면서 지금은 치료 중이었다.

 검노와 죽검파파가 없는 지금 진천창로는 그녀들에게는 매우 곤혹스러운 상대였다.

 진천창로는 일인문파의 전승자로 영향력은 크지 않았지만 매우 합리적인 사람이었고 동정삼웅이나 벽력삼군

보다도 한 배분이 높은 정파의 원로로 상당한 존경을 받는 인물이었다.

 천외천궁의 공주나 검각의 검주인 그녀들도 함부로 대하기 어려운 인물을 군림맹에 배치한 것은 진무성의 용병술이 얼마나 세밀한지를 보여주는 것이었다.

 그동안 여러 중요한 의제가 진무성이 없는 상황에서도 잘 타결이 되고 있었다. 진무성이 진천창로에게 상당한 권한을 부여했기 때문이었다.

 군림맹의 재정을 대부분 천의문에서 맡기로 한 것도 그녀들에게는 아주 유리한 것이었다. 그러나 무력단의 조직과 배치에 들어가면서 이견이 나오기 시작했다.

 오랜 전통과 결속력을 자랑하는 천외천궁과 검각은 자신들만으로 무력대를 구성하고 싶어했다.

 거기에는 맹주인 진무성이 그들의 뜻과 반하는 결정을 내릴 경우 제동을 거는 장치를 만들기 위한 포석도 있었다.

 하지만 진무성은 그렇게 될 경우 전력 차이가 너무 난다며 반대했다. 천의문의 새로운 문도들이 실력이 예상보다 뛰어나다고는 하지만 천외천궁과 검각의 제자와는 차이가 많이 났기 때문이었다.

 백리령하가 특히 반대를 한 이유는 군림맹 무력대에 새

로운 문도들이 대거 배치된다는 말 때문이었다.
 간세정리가 제대로 되지 않은 그들과 같이 움직인다는 것은 너무 큰 위험이 따른다고 판단한 때문이었다.
 그때, 문이 열리며 진무성이 안으로 들어왔다.

6장

# 6장

"단목 공자님께서 오늘 무림맹으로 돌아가신다고 하셔서 배웅을 하느라 좀 늦었습니다. 두 분과는 이미 작별인사를 하셨다고 하더군요."

백리령하와 곽청비는 회의 전에 단목환을 만나 향후 계획에 대해 의논을 이미 마친 터였다.

진무성도 같이 만나려고 했지만 단목환은 단둘이 할 얘기가 있다며 양해를 바랐다.

"맹주님께 인사드립니다."

진천창로는 가장 먼저 일어서며 예를 갖췄다. 그는 백리령하와 곽청비가 들으라는 듯이 진무성에게 맹주라고 호칭을 했다.

"회의는 잘되셨지요. 수고하셨습니다. 이제 제가 마무리를 할 터이니 장로님께서는 가서 좀 쉬십시오."

"예."

진천창로가 나가자 백리령하는 미묘한 표정으로 먼저 입을 열었다.

"진청창로 장로님께서 먼저 오신 것이 진 형과 이미 얘기가 다 되어 있었나 봅니다."

사실 회의는 맹주단과 장로들이 모두 모이는 전체 간부 회의였다. 하지만 검노와 죽검파파가 빠지는 바람에 맹주단 회의로 변경이 되었는데 진천창로가 나타났던 것이다.

진무성이 회의가 있는 것을 모르고 설화영을 만나러 갔을 리는 없으니 그가 의도한 진행이었다고 보는 것이 합리적일 것이었다.

그리고 백리령하가 진무성의 생각을 단박에 눈치를 챈 것이다.

"제가 늦게 온 것은 죄송합니다만 거기에 다른 의도가 있는 것은 아니었습니다. 다만 제가 두 분에게 좀 약하니 천의문에서 원하는 것을 제대로 말씀을 드리지 못할 것 같아서 진천창로 장로님께 다 말씀드리도록 부탁을 좀 했습니다."

자신이 그녀들에게 약하다는 말에 둘의 표정은 미묘하

게 변했다. 별로 약하게 대하는 것 같지도 않았기 때문이었다.

"관철하시고자 하는 것은 다 관철하시면서 약하다고 하시니 좀 그렇긴 하네요. 어쨌든 무력단의 조직 구성에 대해 불합리한 점이 있다는 것을 자인하신다는 말이신가요?"

곽청비의 말에 진무성은 미소를 지으며 다시 말했다.

"저희의 제안이 불합리한 것이 아니라 두 분께서 불합리하다고 생각을 하실 것이 우려가 돼서 그런 것입니다. 하지만 제가 직접 말하면 두 분께서 하고 싶은 말을 다 하지 못하실 것 같아서 결례를 알면서도 대화를 나누실 시간을 드린 것이지요."

"그렇다면 진 대협께서는 본 각과 천외천궁의 제자들을 분산해서 무력단을 구성하는 것이 맞다고 보신다는 말입니까?"

"이 자리는 군림맹의 간부 회의입니다. 우선 호칭부터 고치시지요. 곽 부맹주님."

"……제가 실수했네요. 죄송합니다. 진 맹주님!"

곽청비는 살짝 마음이 상한 듯 답했다.

진무성이 사무적으로 대하는 것이 이상하게 마음이 아픈 그녀였다.

"군림맹은 연맹체입니다. 그렇다면 당연히 세 문파의 제자들이 같이 한 무력대를 구성하는 것이 당연합니다. 그런데 그것을 반대하는 것도 일종의 자파 이기주의 때문이 아닐까요?"

둘의 표정이 살짝 변했다. 그녀들이 가장 싫어하는 정파의 행태가 바로 자파 이기주의였기 때문이었다.

"진 맹주님, 저희가 말하는 것은 자파 이기주의가 아니라 맹의 효율을 생각한 것입니다. 본 궁이나 검각의 제자들은 태어나면서부터 일사불란하게 협력을 하며 자라 왔습니다. 그들은 서로 눈빛만 교환해도 다음 행동을 짐작할 정도입니다. 그런데 천의문의, 그것도 아직 신원이 확실치 않은 새로운 문도들하고 섞어 놓는다면 효율성은 떨어지고 위험도는 증가할 것입니다. 저희는 그것을 걱정하는 것뿐입니다."

"연맹체가 원래 그런 것 아니겠습니까? 무림맹에서 무력단을 꾸릴 때 어느 문파도 불만이 없도록 공평하게 섞는다는 하더군요. 두 분 부맹주님 말대로 효율성이 떨어질 것을 우려해 자파들의 제자들만으로 무력단을 만든다면 그것은 연맹이 아니라 그냥 세 문파가 한 곳에 모여 있는 것이지요."

"그렇지는 않지요. 명령 체계가 확실하지 않습니까?"

"제가 아주 위험한 곳에 천외천궁을 보내면 어떻게 될까요? 전멸을 당할 것이 분명할 정도로 험한 곳에 검각의 제자들로만 조직된 무력단을 투입하려고 한다면 곽부맹주님께서는 어쩌실 것 같습니까? 설마 그러라고 가만히 계실 겁니까?"

"그, 그거야……."

백리령하와 곽청비는 순간 즉답을 하지 못했다. 그리고 그들의 머리에는 한 단어가 스쳐 지나갔다.

-자파 이기주의

정파의 고질적인 문제라고 그녀들이 지적하던 그 단어가 자신들에게도 적용이 되고 있다는 것을 안 것이다.

"전 두 분의 생각이나 결정을 칭찬하는 것도 비하하는 것도 아닙니다. 현실적으로 사람의 팔은 안으로 굽습니다. 언제나 그 문제는 결국 조직을 안에서 곪게 만듭니다. 그래서 여러 가지 부작용이 있음을 저도 알지만 세 파의 제자들이 섞여서 한 조직을 이루어야만 한다고 생각한 것입니다."

진무성은 군림맹의 모든 조직의 구성은 백리령하와 곽청비의 뜻을 따를 생각이었다. 심지어 맹주 자리를 제외

한 어떤 자리도 양보할 의향이 있었다.

하지만 맹의 존립의 가장 중요한 핵심인 무력대의 조직만은 그의 뜻을 관철해야 했다.

세 문파의 힘이 모여 다섯, 여섯 이상의 힘을 만들 수 있을지 아니면 세 문파의 힘에도 미치지 못하는 전력이 될지를 가늠할 수 있는 척도가 바로 그것이기 때문이었다.

맹주 자리를 양보할 수 없는 것도 무력단을 움직일 수 있는 자리이기 때문이었다.

진무성의 말에 두 여인은 심각하게 얼굴이 굳어졌다.

"그렇다면 간세를 색출할 방법은 있습니까?"

"무력단의 조직이 끝나고 출동을 시작하기 전에 간세들을 대부분 잡아내 처리할 것을 약속드리겠습니다."

간세를 잡아내는 것이 그렇게 쉽다면 모든 세력에서 왜 그렇게 골머리를 썩겠는가…….

하지만 그녀들은 진무성의 말을 믿었다.

"맹주님 말을 믿겠습니다. 그럼 천의문의 뜻을 따르도록 하겠습니다."

백리령하가 동의하자 곽청비도 더 이상 반대할 수는 없었다. 이로써 천외천궁과 검각의 제자들에 대한 지휘권은 진무성에게 자연스럽게 넘어가게 되었다.

"아, 그리고 제가 무림맹에 방문을 할 것 같습니다."

"정말입니까?"

창룡의 무림맹 방문은 무림의 모든 세력들이 촉각을 곤두세워 주시할 큰 사건이었다.

정파의 분열이냐 아니면 더 힘으로 작동을 하느냐의 갈림길이 될 것이기 때문이었다. 특히 사파와 마도에게는 마교의 재출현 이상의 중요 사안일 수밖에 없었다.

"단목 공자님께서 맹주님의 허락을 얻어야 성사되겠지만 자신 있다고 하시더군요."

"무림맹을 방문하는 데 왜 맹주님의 허락이 필요합니까?"

"맹주님께서 친서로 저를 초대하는 방식을 원했거든요."

아무렇지도 않게 말하는 진무성을 보는 두 명의 얼굴에는 경악을 넘어 어이없다는 표정이 나타났다.

진무성의 요구는 이름 난 평민이 황제에게 황궁으로 초대장을 보내 달라고 한 것이나 진배없는 일이기 때문이었다.

비록 창룡의 무명(武名)이 하후광적을 능가할 정도로 높아지고 있다고는 하지만 무공만 높다고 무림맹주의 권위를 능가할 수는 없는 법이었다.

"너무 과한 요구가 아닐까요?"

"명분상으로는 정파의 어른들께 욕을 먹을 일이지요.

하지만 그에 상응하는 선물을 가지고 간다면 괜찮지 않을까 싶습니다."

선물이라는 말에 둘의 표정은 다시 변했다.

도대체 또 어떤 놀라운 선물을 준비할까…….

요즘 그녀들은 진무성의 말 한마디 한마디에 매번 마음의 동요를 느낄 정도로 그에 대해 놀라고 있었다.

\* \* \*

"교주님, 이대로 두고만 보실 생각이십니까?"

마교의 이인자라고 할 수 있는 두 명의 마교사자는 분한 표정으로 물었다.

그들의 천 년 가까이 마교를 이어 온 것은 마교에 대한 자부심과 신앙의 힘이 아니었다면 불가능한 일이었다.

그런 그들의 자부심을 대무신가에서 완전히 박살을 낸 것이었다.

비록 그들이 사공무경에 의해 모조리 패하고 그들의 주구로 변한 것이 이미 일갑자가 넘었다.

그들은 마교에게 십만대산 밖으로 나오는 것을 금했을 뿐 아니라 수시로 새외에서 나오는 여러 가지 귀한 약재와 재물을 바치게 하여 그들의 자존심을 짓밟았다.

그런데 이번에 그들을 협박하는 것을 넘어 그들이 신처럼 떠받들고 있는 마노야의 모든 업적을 적은 책까지 강탈하다시피 가져가 버렸다.

오행귀존의 분한 목소리에 구유마종은 침통한 표정으로 말했다.

"본 교가 비록 지금 교세가 몰락해 십만대산에 웅크리고 있지만 약하다고는 생각한 적이 없다. 더구나 마노야께서는 우리에게 마지막 희망을 주신 분이다. 그분의 유전(遺傳)까지 대무신가에게 빼앗길 수는 없다. 귀곡신유!"

"예! 교주님."

"사공무혈의 행동이나 대무신가의 요구를 분석해 보라는 명은 어찌 됐느냐?"

"군사부에서 어제 분석이 끝났습니다."

"말해 봐라."

"군사부에서는 천하에 대무신가에서조차 이해할 수 없는 뭔가가 나타났고 그것이 마노야 조사님의 유전은 아닐까 의심한다는 결론을 냈습니다."

"마노야 조사님의 유전이라니 그게 무슨 말이냐?"

호법인 광혈도객이 깜짝놀라 반문했다.

"그 이유가 아니라면 대무신가에서 연속으로 직접 찾

아와 마노야 조사님에 대해 알아볼 이유가 없다고 생각합니다. 더구나 대무신가의 가주가 친서까지 보내 본 교를 협박했습니다. 매우 다급한 상황이라는 것을 짐작해 볼 수 있습니다."

"그렇다면 대무신가에서 마노야 조사님의 유전까지 자신들이 차지하려고 이런 무도한 행동을 했다는 것이냐?"

마교 우사인 적혈신마 역시 분통이 터지는지 주먹을 불끈 쥐며 소리쳤다.

"저희가 그동안 수집한 모든 정보와 대무신가의 가주가 펼친 무공들을 기반으로 추측한 바에 의하면 대무신가는 본 교의 잔당이 분명합니다. 본 교를 배신하고 떠난 자들 중, 누구의 후손인지는 아직 밝혀지지 않았지만 마노야 조사님의 유전을 알아볼 능력은 분명 있을 것으로 봅니다."

마교에서도 대문신가가 자신들과 같은 뿌리일 것으로 추정은 하고 있었다. 그렇다면 같은 마교끼리 친하게 지낼 수도 있을 것 같지만 상황은 그리 녹녹치 않았다.

개미들조차 여왕개미가 분가해 다른 개미 집단을 형성하면 이후 그들은 원수처럼 싸웠다. 하물며 이들은 수백 년을 따로 지냈고 정체성 역시 달라져 있었다.

심지어 대무신가는 같은 마교도로서가 아닌 그들을 수

하 아니 노예를 다루듯 명령으로 다스려왔었다.

 마교 역시 대무신가에 대해 좋은 감정을 가질 수 없음은 어쩔 수 없었다. 그런데 그들의 직계 조사이자 마교의 부흥을 약속했던 마노야의 유전까지 빼앗길 수는 없는 그들이었다.

 "교주님 저희들에게 출동 명령을 내려 주십시오."

 광혈도객이 분연한 표정으로 소리쳤다.

 "우리가 십만대산을 벗어나는 순간 천 년 동안 이어 온 본 교는 사라질 수도 있다."

 구유마종은 교주로서 어떻게든 마교를 존속시키는 것이 최우선 과제였다. 세상을 공포에 떨게 했던 천년마교의 상황이라고 보기에는 정말 딱할 정도였다.

 "이렇게 지내는 것이 어찌 교가 존속하고 있다고 할 수 있겠습니까? 십만대산을 폐쇄하고 무림에 나가 마노야 조사님께서 남긴 것이 무엇인지를 찾아내어 우리의 것으로 만든 것이야말로 본 교 살아날 수 있는 최후의 방법이라고 봅니다."

 구유마종은 모두를 한 번 죽 보더니 입을 열었다.

 "무림으로 나가는 것에 반대하는 간부들 있느냐?"

 "……."

 아무도 대답이 없자 규유마종은 다시 말했다.

"우리가 나가는 순간 대무신가는 우리의 제일의 적이 된다. 모두 죽을 수도 있다. 감수하겠느냐?"

"감수할 것입니다. 죽을 때 죽더라도 대무신가 놈들에게 더 이상 치욕을 당하는 생활을 할 수는 없습니다."

구유마종은 모두의 얼굴에 굳은 의지가 보이자 드디어 결정을 한 듯 입을 열었다.

"본 교는 중원으로 진출한다. 그리고 마노야 조사님께서 남기신 유전이 무엇인지부터 찾는다."

진짜 천년마교의 무림 출두가 천하에 어떤 변수로 작용할지는 아직 아무도 알 수 없었다.

\* \* \*

천의문이 개파한 지도 어느덧 보름이 지났다.

"상공, 무슨 생각을 그리하십니까?"

자시(子時)가 넘은 시각, 어두운 하늘에 반짝반짝 빛나는 별을 보며 계속 천기를 살피던 진무성이 고개를 갸웃하자 설화영이 그를 뒤에서 껴안으며 물었다.

"영 매, 요즘 계속 천기는 보고 있어?"

"하루도 빼놓지 않고 보고 있습니다."

"그런데 이상함을 느끼지 못했어?"

"느꼈습니다. 상공께서도 느끼셨습니까?"

설화영은 살짝 놀란 듯 반문했다.

진무성은 자신의 허리를 두르고 있는 그녀의 손을 꼭 잡으며 고개를 끄덕였다.

"하늘의 혈기는 점점 진해지고 넓어지는데 저들의 움직임이 갑자기 멈췄어. 천기와 다르게 움직이고 있다는 생각이 들었어. 그리고 내 예상이 맞다면 본 문에 대한 공격이 최소한 한 번 이상은 있어야 하는데 역시 아무런 징조가 보이지 않고 있잖아?"

"상공께서 무공의 경지만 빠르게 높아지시는 줄 알았는데 천기를 읽는 능력까지 정말 빠르게 늘고 계십니다. 저도 그게 이상했지만 제 해석이 틀린 것은 아닌가 해서 말씀을 못 드린 것입니다."

"영 매와 내 해석이 같다면 대무신가는 지금 가만히 있는 것이 아니라 우리가 눈치채지 못했을 뿐 뭔가 일을 준비하고 있다는 말이네?"

"저들이 행동을 멈추었다면 그 이유가 있어야 합니다. 이번에 천의문을 공격한 마종들이 전멸을 당한 것이 그들에게 큰 타격을 주었기에 그들이 잠시 숨을 고르고 있다고 볼 수도 있습니다. 하지만 절대 이대로 끝나지는 않을 것입니다."

"아무 짓도 안 하니까 오히려 불안한 것 같아."

"호호~ 상공께서도 불안을 느끼십니까?"

"당연히 느끼지. 태어나서 사물을 분간하기 시작한 때부터 난 불안하지 않았던 적이 없었으니까. 하나 그때는 내가 살기 위한 불안이었지만 지금의 불안은 의미가 좀 다른 것 같아."

진무성의 말에 설화영은 동병상련의 아픔을 느끼는 듯 허리를 잡은 팔에 더 힘을 주었다.

그녀 역시 어려서부터 불안을 달고 살았기 때문이었다.

생활 속에서 거의 매일 맞고 굶주리며 내일은 또 어떻게 사나하는 걱정을 안고 산 진무성이나 거의 매일 자신을 죽이기 위해 쫓아오는 괴물들을 꿈에서 보고 자신을 돌봐 주던 사람들이 모조리 죽어 나가는 것을 보며 도망을 다닌 그녀나 불행한 삶을 살아온 것은 마찬가지였다.

드디어 둘이 만난 이후, 죽음에 대한 두려움은 사라졌다. 하지만 세상사란 불안과 걱정이 없는 삶은 있을 수 없는 법이었다.

지금의 둘은 서로를 잃을까가 가장 큰 걱정이었다.

이미 어느 한쪽이 없는 삶은 의미가 없어졌기 때문이었다.

"상공."

"응."

"그런데 백리 소저와 곽 소저께서 상공을 마음에 두고 있는 것 같은데 상공의 생각은 어떠십니까?"

"내 생각?"

뜻밖의 말을 들었다는 반문하며 몸을 돌린 진무성은 그녀의 얼굴을 보며 말했다.

"난 그녀들에 대해 특별히 생각한 것이 없는데? 그리고 백리 형이나 곽 검주 같이 귀하게 자라신 분들이 나를 마음에 둔다는 것도 좀 말이 안 되는 것 같고 말이야."

"사람의 마음 특히 여인이 누군가를 사모하는 마음은 사모해야지 해서 생기는 것이 아니랍니다. 전 같은 여인으로 그분들 마음을 느낄 수 있습니다."

"영 매는 그녀들을 만나 본 적도 없잖아?"

"제가 계속 모습을 드러내는데 그분들이 저를 의식하지 못했겠습니까? 몇 번 제게 말을 걸고 싶어하는 것을 느꼈지만 제가 의식적으로 그분들을 피했을 뿐입니다."

사실 설화영도 나름 보름 동안 매우 바쁜 시간을 보냈었다.

천의문 간부들은 새로 입문한 문도들을 무공 수준별로 나누어 총단 연무장으로 불러들여 세심하게 분석을 하고 있었다.

대외적으론 각각 수준에 맞추어 지위를 부여하기 위해서라고 말했지만 사실은 설화영으로 하여금 그들의 관상을 살피게 하려는 의도였다.

워낙 수가 많아 한꺼번에 못하고 번갈아 불러들였기에 그 작업은 보름이 지난 지금까지도 계속되고 있었다.

설화영은 세 부류로 우선 나누었다. 첫 번 부류는 반골의 관상을 가진 자들이었다.

조직 생활을 싫어하는 사람들 많아서인지 예상보다 반골의 관상을 지닌 자들은 상당히 많았다.

물론 반골이라하여 반드시 간세는 아니었고 나쁜 것도 아니었지만 배신의 위험이 큰 것은 분명했다.

두 번째는 계속 불안해하는 사람들이었다.

다른 문파에 들어가 간세를 한다는 것은 사실 심적으로 굉장한 압박을 느낄 수밖에 없었다. 어느 조직을 막론하고 간세로 몰리는 순간 엄청난 고통을 받게 된다.

어디 소속이고 무슨 이유로 간세로 들어왔는지를 알아내기 위해서 잔인한 고문을 하기 때문이었다.

고문을 당했다고 살려 주지도 않았다.

간세는 어느 조직을 막론하고 살려 주지 않기 때문이었다. 당연히 간세들은 항시 불안감을 안고 살 수밖에 없었다.

마지막은 너무 태연하거나 자신의 진짜 실력을 숨기는 자들이었다.

불안해하는 것과 태연한 것은 완전 상반된 감정이었지만 설화영은 너무 태연한 자들도 의심했다.

새로운 문파에 신입 문도로 입문했다면 좋아하거나 약간은 기대감 등으로 흥분한 모습을 보이는 것이 보통이었다.

그런데 마치 달관한 사람처럼 태연하다면 그것 역시 상식적이지 않은 것은 분명했다. 그런데 태연하면서 자신의 무공까지 숨기고 있다면 사실상 그자는 거의 간세라는 것이 그녀의 판단이었.다

그렇게 분류한 사람이 무려 백 명이 넘었으니 중노동에 준하는 엄청난 일을 한 것이었다.

그녀가 분류한 자들은 간부들에 위해 정밀 조사가 들어간 상황이었다. 그렇다고 수상하다는 이유만으로 증거없이 그들을 고문하거나 내칠 수는 없었다.

그래서 마지막은 진무성이 나서기로 되어 있었다. 그에게는 간세를 잡아낼 수 있는 최고의 무기가 있었기 때문이었다.

바로 섭혼제령술이었다.

　　　　　　＊　＊　＊

　진무성과 설화영이 대화를 나누고 있던 그 시각.

　군림맹이 총단으로 사용하고 있는 전각의 회의실에는 쉬지 못하고 바쁘게 회의를 이어 가는 바쁜 사람들이 있었다.

　백리령하와 곽청비가 중앙에 앉아 있었고 그 오른쪽으로 치료가 끝난 검노와 죽검파파 그리고 천외천궁과 검각의 간부 네 명이 앉아 있었다.

　그리고 왼쪽에는 진천창노와 함께 군림맹의 간부로 임명된 천의문의 장로 세 명이 앉아 있었다.

　군림맹 무력단의 조직 구성을 위해 간부들을 결정하고 있는 자리였다.

　"장철은 백근도라는 이름으로 절강에서는 상당히 이름을 떨치는 자입니다. 이번 비무에서도 상당히 높은 점수를 받았습니다."

　"무공은 인정하겠지만 대주면 이십 명의 대원을 이끌고 실질적으로 전면에서 싸우는 자리예요. 당연히 무력단의 출동 계획이나 동선도 가장 먼저 알게 되겠지요. 그런데 그자에게 대한 신원이 불분명합니다."

　곽청비의 말에 벽력신권 장광이 나섰다.

"장철은 내게는 먼 친척입니다. 그 아비가 장웅이라고 요절을 하기는 했지만 열렬한 협객이었습니다. 믿어도 될 것 같습니다."

"장 장로님 말씀은 이해합니다. 하지만 어려서 보고 거의 삼십 년 가까이 못 보셨다고 하셨습니다. 그 삼십 년 동안의 행적이 불분명하다는 것입니다."

어느 문파나 무력대는 진짜로 믿을 만한 사람을 쓰는 것이 당연했다.

황실에서도 가장 큰 무력인 구무제독부의 제독은 최소 삼대가 충신의 집안이고 황실에 대한 충성심이 증명된 사람을 뽑는 것도 그들이 딴마음을 먹게 될 경우 조직의 존립 자체가 흔들리게 되기 때문이었다.

천외천궁과 검각의 제자들이 무력단의 단주를 맡았고 대주 역시 여럿을 임명했지만 전부를 그들로만 채우는 것은 그녀들도 너무하다고 생각한 듯 천의문에서도 추천을 해 달라고 했다.

문제는 천의문에서 믿을 만한 사람들은 원로급의 인물들로 대주는 물론 단주도 맡기에는 너무 나이가 많았고 설화영의 현무궁에서 천의문도가 된 자들은 대주의 직을 맡기에는 무공이나 경험이 너무 일천했다.

결국 이번에 새로 뽑힌 문도들 중에서 고를 수밖에 없

없는데 문제는 역시 신원 문제였다.

진천창로는 어쩔 수 없다는 듯 조심스럽게 말했다.

"노부가 이런 말을 드리면 두 분 부맹주님께 부담을 드리는 것을 아닐까 걱정이 됩니다만 말씀드리겠습니다. 문주님께서는 보름 동안 신입 문도들에 대한 검증을 계속 하셨습니다. 장철은 그 검증을 통과했습니다. 문주님께서 믿을 만하다고 인정해 주신 것이지요."

이런 중차대한 직책을 정하는 자리면 당연히 맹주인 진무성이 맹주로서 당연히 자리를 지켜야 했다.

하지만 그는 맹주와 조직의 구성에 대한 것까지 모두 양보한 백리령하와 곽청비를 위해 무력단 간부들의 임명은 백리령하와 곽청비에게 전권을 주었다.

진천창로도 그것을 알기에 진무성의 이름을 내세우는 것을 최대한 자제했다. 압력으로 받아들일 수 있기 때문이었다.

사실 전권을 받았으니 이런 의논 절차도 하지 않고 그녀들 원하는 대로 간부들을 정할 수도 있었지만 그녀들은 그렇게 하지 않았다.

어쩌면 그녀들이 전권을 받아도 마음대로 하지 않을 것을 알고 그렇게 한 것은 아닐까…….

하지만 진무성이 스스로 말하기 전에는 누구도 알 수

없는 일이었다.

 어쨌든 그렇게 군림맹의 조직 구성이 조금씩 마무리되어 가고 있었다.

* * *

 무림맹 맹주 하후광적의 집무실은 축시가 다 되어 가고 있음에도 불이 꺼지지 않았다.

 이곳에도 바쁜 사람들이 있었기 때문이었다.

 하후광적의 앞에는 그의 제자인 인지화와 사손인 단목환이 앉아 있었다.

 단목환에게서 천의문의 개파대전에서 있었던 사건에 대해 자세한 보고를 받고 참석한 여러 문파들에 대한 동향도 들은 하후광적이 그 둘만 따로 이 밤중에 부른 이유는 중요한 결정을 아직도 하지 못하고 있었기 때문이었다.

"절강에서 보고는 잘 받고 있느냐?"

"매일 매일 상황 보고가 들어오고 있습니다."

"어떻게 되어 가고 있는 것 같으냐?"

"진 문주가 무공만 뛰어난 줄 알았는데 조직을 이끌어 가는 데에도 재주를 발휘하고 있는 것 같습니다. 개파를 한 지 보름밖에 안됐는데 벌써 문파의 조직이 일사불란하게 체계를 갖추고 있다고 합니다."

"문파를 새로 세우면 들어가는 시간과 돈은 물론 생각지도 못했던 일들이 계속 나타나는데, 진무성 그 아이는 천의문과 군림맹을 동시에 세워 놓고도 그렇게 착착 순탄하게 진행이 되고 있다니 실로 놀라운 능력을 가진 아이임은 분명한 것 같구나."

"사조님, 진 문주의 요구에 대해 생각은 하셨는지요?"

하후광적은 맹주가 친서로 초청장을 보내 달라는 요구에 대해 아직까지 답을 주지 않고 있었다. 그만큼 사안이 매우 중요했기 때문이었다.

"환아."

"예, 사조님."

"노부가 바로 정파의 연맹체인 무림맹을 책임지고 있는 무림맹주다. 그런데 다른 정파의 연맹체를 만들었는데 내가 직접 무림맹에 방문해 달라고 정중하게 초청장을 보낸다면 그 파장이 간단할 것 같으냐?"

진무성의 계획에 동의를 하고 말고는 다음 문제였다. 진무성의 군림맹은 분명 무림맹이 추구해 온 원칙에 위배된 것이 분명했다.

따지고 질책을 하려면 무림맹에 불러들여야 하는 것은

맞지만 무림맹의 이름으로 초치(招致)하는 것과 맹주의 이름으로 초청을 하는 것은 그 의미가 완연히 다른 것이었다.

진무성이 맹주의 초청으로 왔다 해도 군림맹이 절대 무림맹의 뜻에 반하는 행동은 하지 않겠다고 공표를 해 준다면 맹주로서 권위를 세울 수 있겠지만 진무성은 무림맹과 다른 행보를 하기 위해 군림맹을 세웠다고 이미 천명한 상황이었다.

그의 위치 정도에서 체면 때문에 중요한 결정을 미룬다는 것이 의아하겠지만 그는 정파 무림 전체를 대표하는 무림맹주였다. 그의 체면은 정파 전체의 체면과 동일시되기 때문에 그로서는 고심할 수밖에 없었다.

"진 문주께서 그래서 그런 조건을 제시한 것이 아니겠습니까?"

"환아."

"예, 사부님."

인지화의 부름에 단목환이 공손하게 답했다.

"진 문주를 믿느냐?"

갑작스러운 뜻밖의 질문에 단목환은 잠시 당황했지만 곧 단호한 목소리가 그의 입을 통해 나왔다.

# 7장

"전 믿습니다."

단목환의 답에 인지화는 고개를 끄덕이며 말을 이어 갔다.

"네가 이렇게 단호하게 답을 하는 것을 보니 믿을 만한 자인 것만은 분명한 것 같구나. 하지만 어떤 일을 하는 데에는 믿음만으로 되는 것은 아니다. 혈사련은 자타가 공인하는 사파 최대 세력이다. 무림맹에서도 함부로 건드리지 못한 이유는 잘못하면 정사대전으로 비화되어 무림 전체가 전쟁터가 될 수도 있기 때문이다."

"그 문제는……."

"더 들어 보고 얘기해라."

"예."

"진 문주가 무림맹주님의 뜻을 받들어 혈사련을 없앴다. 성공한다면 네 말대로 무림맹의 권위도 유지되고 군림맹을 만든 명분도 같이 세울 수 있겠지만 만약 실패한다면 모든 책임을 사부님이 질 수도 있게 됨을 어찌 생각 못하는 것이냐?"

"진 문주는 실패할 경우 무림맹과는 상관없는 개인적인 결정이었다고 할 것입니다."

"그럴 수도 있겠지. 하지만 그렇다 해도 문제는 있다. 사부님께서 초청을 하여 대화까지 나눈 후에 그런 일을 벌였다는 것이다. 그리고 혈사련은 분명 반격을 할 것이니 전쟁을 결국 일어난다. 대무신가가 마교다 아니다 말이 많은데 진짜 마교라면 더 위험한 적을 앞에 두고 또 다른 적을 만드는 것이 아니겠느냐?"

인지화의 말을 듣던 단목환의 눈이 커졌다.

'정말 놀랍군. 진 문주 이 사람의 능력은 도대체 어느 정도일까……?'

단목환이 놀란 이유는 지금 인지화가 하는 말은 그가 진무성과 초청장에 대해 대화를 나눌 때 진무성이 하후광적과 인지화가 이런 걱정을 할 것이라며 해 준 말과 거의 똑같았기 때문이었다.

순간 하후광적의 눈에 이채가 나타났다. 그가 절대자로 군림해 온 이유는 누구도 넘보지 못할 강력한 무공은 물론 천재적인 두뇌와 빠른 상황 판단 그리고 결단력 등으로 천하를 호령했기 때문이었다.

그는 단목환의 표정을 보자 어떤 일이 벌어진 것인지 즉각적으로 눈치챘다.

"환아."

"예, 사조님."

"네 사부가 한 말을 진무성 그 아이도 했었느냐?"

"……놀랍지만 거의 대동소이하게 제게 말을 했습니다."

하후광적과 인지화의 표정이 변했다.

"그렇다면 그 문제에 대한 해결책도 말해 주더냐?"

"예."

"뭐라고 하더냐?"

"혈사련을 없애지 않으면 대무신가와 싸울 수 없다고 했습니다."

"이유는?"

"혈사련이라면 대무신가와 정파 간에 전쟁이 벌어진다면 어부지리를 얻기 위해 세력을 확장할 것이라고 했습니다. 그들이 세력을 확장할 곳은 동쪽과 북쪽 뿐인데 천존마성이 있는 동쪽보다는 대무신가와 전쟁으로 바빠진 정파가 있는 북쪽을 노릴 것이라고 했습니다. 그래서 본격적으로 대무신가와 싸우기 전에 혈사련을 없애는 것은 필수라고 했습니다."

"이유는 그럴듯하지만 실패한다면 상황만 더 악화가 되는 것이 아니더냐?"

"성공 확률은 칠 할이 넘는다고 했습니다. 만약 제가 무림맹의 무사들을 이끌고 도움을 준다면 무조건 혈사련을 없앨 수 있다고도 했습니다."

"허허! 무림맹까지 끌어들일 생각을 했더란 말이지……?"

하후광적이 진무성의 계획이 놀랍다는 듯 말하자 단목환이 급히 부언했다.

"그냥 제안일 뿐, 절대 그래 달라고 한 것은 아니었습니다."

"그래, 네 성정이면 그랬겠지. 하지만 진무성은 그 아이는 너와 다르구나."

하후광적은 결정을 한 듯 지필묵을 꺼내더니 종이에 뭔가를 적기 시작했다.

그는 서찰을 봉서에 넣고 맹주 직인까지 찍은 후 단목환에게 건네며 말했다.

"초청장이다. 진 문주에게 전하거라."

"사부님!"

인지화가 놀란 듯 불렀지만 그는 한 마디로 끝내 버렸다.

"나도 고심 끝에 내릴 결정이다. 더 이상 이 문제로 왈가왈부하지 말거라."

그가 결정을 한 것에는 진무성에게 효웅의 모습을 보았기 때문이었다.

영웅은 자신의 신념을 위해 해야 한다고 결정을 하면 성패에 상관없이 행동을 취한다. 그래서 많은 영웅들이 제대로 꽃을 피워 보기도 전에 사라지게 되는 가장 큰 이유였다.

하지만 효웅은 실패할 일은 시작도 안 한다. 자신에게 이익이 되면 남을 이용하는 것도 마다하지 않았다. 그래서 성공한 영웅들은 사실 효웅인 경우가 많았다.

진무성이 진짜 효웅이라면 혈사련을 공격하는 위험도가 높은 계획을 실행할 리가 없다는 것이 그의 판단이었다.

그리고 그의 결단으로 진무성의 위치는 정파에서 더욱 공고해지고 있었다.

\* \* \*

"가주님께서 보름째 두문불출하시니 무슨 일이 있는

것은 아닐까?"
 사공무일은 불안한 표정으로 사공무혈에게 말했다.
 "무슨 일이 일어날 수 있는 분이 아니지 않습니까? 아마도 대계를 크게 수정하실 것 같습니다."
 사공무혈은 사공무경의 복심으로 불리는 자로 지위는 사공무일보다 낮았지만 사공무경에 대해서는 그보다 더 잘 알았다.
 "백 년이 넘게 준비해 온 대계를 왜 갑자기 수정을 하신다는 말인가?"
 "가주님께서 그깟 중원 제패를 못해서 지금까지 기다리셨겠습니까? 저는 가주님께서 천하를 손바닥 위에 올려놓고 마음대로 조종하는 재미로 만든 것이 대계라고 생각하고 있습니다. 그런데 갑자기 가주님께서도 예상 못한 변수가 나타나지 않았습니까? 아마도 가주님께서는 아무 재미있는 구상을 하시는 것은 아닐까 싶습니다."
 사공무혈의 말은 사실 너무 터무니없었다. 사공무경을 거의 신이라고 생각하지 않는다면 할 수 없는 말이기 때문이었다.
 그런데 사공무일조차 동감한다는 듯 고개를 끄덕이고 있었다.
 대무신가나 초인동이나 사공무경에게는 사실 그리 대

단한 것이 아니었다. 바로 사공무경 자체가 모든 것이기 때문이었다.

땡땡땡!

그때 종소리가 들려왔다.

"가주님께서 부르신다."

사공무일과 사공무혈은 후다닥 일어서더니 빠르게 밖으로 나갔다. 사공무경이 있는 집무실로 달려간 것이었다.

그들이 집무실에 도착했을 때는 이미 다른 간부들도 여럿 도착해 있었다. 모두의 얼굴에는 사공무경의 부름에 불안과 긴장이 교차하고 있었다.

안으로 들어선 모두는 사공무경의 손짓에 따라 자리에 앉았다.

그들의 앞에는 커다란 중원 전도가 걸려 있었다.

"내가 너희들을 부른 이유를 알겠느냐?"

"저희가 어찌 하늘 같으신 가주님의 생각을 짐작이나 하겠습니까?"

"계획을 좀 변경해야겠다."

사공무혈의 예상대로 사공무경은 그동안 준비해 온 계획을 바꾸기로 결정한 것이다.

"그럼 제가 설명을 드리겠습니다."

대무신가의 군사인 정운이 전도 앞으로 가더니 지휘봉

을 들어 한 곳을 가리켰다.

"이곳은 무림맹입니다. 군산에 위치한 무황도는 전 중원을 수로를 이용해 움직일 수 있는 최적의 장소입니다. 하여 무림맹은 정파에게 무슨 일이 벌어지면 빠르게 지원군을 보낼 수 있는 체계를 갖출 수 있게 되었습니다."

무림맹에 대한 것은 여기에 있는 모두가 다 알고 있는 사실이었다.

"군사, 그건 우리도 다 알고 있는 것 아닌가?"

"지금 말한 것은 장점이지만 이제부터는 단점을 얘기하려고 합니다. 사통오달의 거점은 공격에는 아주 좋지만 방어에는 매우 취약하다는 단점이 있습니다. 적들이 눈치챌 시간도 안 주고 빠르게 공격을 할 수 있으니까요. 가주님께서는 무림맹 공격을 준비하고 하십니다."

정운의 말에 모두의 표정이 굳어졌다.

한 지역을 차지하기 위해서는 그 지역에서 가장 강한 세력을 없애 버리는 것이 가장 좋은 방법이었다.

다른 세력들은 자신들보다 강한 세력이 당하는 것을 보는 순간 저항할 의지를 잃고 순응을 하기 때문이었다.

하지만 무림맹은 달랐다. 분명 정파에서 가장 강한 세력이기는 하지만 그들을 없앤다고 무림의 패권을 가져올 수는 없었다.

정파는 오히려 똘똘 뭉쳐 더욱 끈질기게 저항을 할 것이기 때문이었다. 그리고 그것은 일차 마교의 침공 때 증명이 된 바 있었다.

정파의 힘 좀 쓴다는 세력과 이름만 고수들을 모조리 제거했지만 정파는 끝없이 저항했었다. 내분이 마교가 패퇴하는데 가장 큰 요인이기는 했지만 정파의 끈질긴 저항도 마교가 십만대산으로 도망을 가게 만든 요인인 것도 분명한 사실이었다.

그래서 대무신가는 이번에는 작전을 바꿔 정파의 작은 문파들부터 제거해 나가면서 저항할 뿌리를 아예 삭근(削根)하기로 한 것이다.

무림맹에 소속된 문파들도 자파들이 위험하다 느끼면 무림맹에 파견된 무사들을 자파로 소환할 수밖에 없다는 생각도 있었다.

약한 고리를 먼저 제거해 대무신가의 피해를 줄이고 정파에게는 공포를 심어 주어 단결력을 흐트러뜨리는 것이었다.

정파가 흔들리면 그때, 혈사련 등 사파와 마도를 충동질해 그들이 세력을 넓히는 데 도움을 줄 생각이었다.

그렇게 되면 정파는 사파와 마도를 상대하기 위해 인원을 또 분산할 수밖에 없었다.

이 계획의 핵심은 대무신가가 마교라는 것을 모르게 하는 것이었다. 그런데 진무성 때문에 대무신가의 정체가 발각되면서 계획에 큰 차질이 생겼다.

마교라는 것이 확실시되면 사파와 마도 역시 자제를 할 것이 분명하기 때문이었다.

계획의 조정은 어쩔 수 없는 변화때문이지만 그렇다고 지금 무림맹을 공격하는 것은 최악의 병법이었다.

우선 성공 가능성도 약했고 대무신가의 정체를 오히려 모두에게 확인시켜 주는 상황이 될 수도 있기 때문이었다.

하지만 그 계획을 수정한 사람이 바로 사공무경이었다. 누가 감히 반대의 말을 낼 수 있겠는가…….

모두의 생각을 짐작한 듯 사공무경이 먼저 입을 열었다.

"계획이 너무 이상하다고 생각하느냐?"

"……저희들이 감히 가주님의 심모원려(深謀远虑)를 어찌 알겠습니까? 다만 무림맹을 먼저 공격을 하는 것은 본 가의 피해도 만만치 않을 것입니다."

"안다, 그래서 파멸계는 예정대로 계속 이어 간다. 오늘부터 다시 계획대로 정파들의 제거를 다시 시작해라."

"파멸계는 그대로 이어 가면서 무림맹을 공격할 필요

가 있겠습니까?"

"나의 새로운 계획에 무림맹이 걸림돌이 되기 때문이다. 파멸계를 이어 가면 무림맹은 사방으로 무력대를 보낼 수밖에 없을 게다. 그놈들은 누가 감히 자신들을 치겠느냐는 자만감에 방비도 매우 허술하다."

"무림맹에 큰 피해를 입힐 수는 있겠지만 무림맹 자체를 없애는 것은 어려울 것입니다."

"대신 권위에 큰 상처를 입고 그 자리를 진무성이 만든 군림맹에서 차지하겠지. 그래서 무림맹을 공격한 후, 대무신가가 마교임을 정식으로 공표하고 천하를 마교가 접수할 생각임을 알릴 생각이다."

설상가상(雪上加霜)이라고 해야 할까…….

무림맹 공격도 이해할 수 없는데, 그 이유가 무림맹의 자리를 군림맹이 차지하게 하기 위해서라니…….

게다가 전 무림의 공적이 될 것이 뻔한데 스스로 마교라고 공표한다는 것도 그들 머리로는 도대체 알 수가 없었다.

모두는 진짜 그들이 알고 있는 사공무경이 맞나 하는 생각이 들 정도였다.

"가주님, 그렇게 되면 대계의 취지와는 완전히 달라집니다. 그리고 창귀의 군림맹의 힘이 강해질 경우 본 가에게는 더욱 악재가 될 것입니다."

"본 가에는 악재가 될 수도 있겠지. 하지만 내게는 최고의 기회가 될 게다. 지금부터 나의 계획은 진무성을 무림의 절대 지배자로 만들어 주는 것이다."

모두의 얼굴이 일그러졌다.

제거 일 순위로 삼았고 지금도 대무신가와 초인동에 가장 큰 피해를 주는 진무성을 무림의 절대 지배자로 만들어 주다니…….

모두는 할 말을 잃은 것을 넘어 도대체 뭐가 뭔지 모르겠다는 듯 어리둥절한 표정으로 사공무경을 쳐다보았다.

하지만 사공무경은 매우 만족한 미소를 짓고 있을 뿐이었다.

\* \* \*

천존마성의 성주인 만겁마종은 매우 심각한 표정으로 자전신마의 보고를 듣고 있었다.

그는 자전신마가 진무성을 만나는 장면에 대해 듣자마자 아주 재미있다는 표정을 지으며 물었다.

"우리가 보낸 재물을 사양도 하지 않고 날름 받았다는 말이지?"

"선물을 가져가지 않았다면 서운해했을 것 같다는 느낌이 들 정도였습니다."

"만금이 되는 재물을 받은 놈이 우리에게 선물은 하나도 없다? 완전히 뒤통수를 맞은 느낌인데…… 네가 보기에 그놈 정파가 맞기는 맞는 것 같더냐? 어떻게 하는 행동이 정파와는 좀 다른 것 같지 않냐?"

정파라면 당연히 거절을 했어야 했고 받았다면 그에 상응하는 보답품이나 천존마성에게 호의적인 선물이 있어야 마땅했다.

만겁마종은 이상하게 사기를 당한 것 같은 찝찝함에 표정이 안 좋아졌다.

"저도 처음에는 진짜 정파는 아닐지도 모른다는 생각을 좀 했습니다. 하지만 천외천궁과 검각이 군림맹에 합류했다는 말을 듣고 나니, 정파는 맞는 것 아닌가 싶습니다."

"독심마유!"

"예, 성주님!"

"넌 군사가 되어 가지고 어떻게 천외천궁 놈들이나 검각의 계집애들이 창룡이란 놈과 붙은 것을 어떻게 그렇게 까맣게 모를 수가 있는 거냐? 그러고도 네가 천존마성의 군사라고 할 수 있겠느냐!"

"죄송합니다. 창룡이 나온 후에 곳곳에서 혈겁이 벌어지면서 정보 활동이 제한적으로 될 수밖에 없었습니다."

"그렇다고 천외천궁이나 검각같이 중요한 세력이 행동을 취한 것을 모른다는 것이 말이 되느냐?"

"정확하게 말씀드리자면, 그들이 왜 창룡과 같이 연맹을 맺었는지에 대해서 군사부에서도 분석을 많이 했습니다."

"그래서 뭐 알아낸 것이 있는 거냐?"

"그들이 강호에 모습을 드러내는 경우는 마교가 나타났을 때뿐입니다. 자연스레 대무신가가 마교라는 소문이 사실일 가능성이 높다는 결론을 내렸습니다."

독심마유의 설명을 들은 만겁마종은 어이가 없다는 듯 혀를 차며 말했다.

"쯧! 쯧! 그래서 군림맹까지 만들었다고 하지 않느냐? 군사부까지 소집해서 분석을 낸 결론이 이미 세상 사람들이 다 아는 사실이라니…… 너를 군사로 두고 있는 내가 정말 딱하다는 생각이 안 드느냐?"

"……죄송합니다."

만겁마종이라는 엄청 무시무시한 명호를 가지고 있는 그였지만 혈사련의 련주인 파천혈마와는 달리 그는 수하들을 공포로 다스리지 않았다.

그가 수하를 죽이는 결정을 하는 경우는 배신을 하거나 싸워야 할 곳에서 싸우지 않고 도망을 치는 경우뿐이었다.

그때마다 그가 하는 말이 마도는 사파와 다르다는 것이었다.

만겁마종은 다시 자전신마를 보며 물었다.

"그래 본 성에 한 번 오라는 말은 했느냐?"

"예, 긍정적으로 검토를 해 보겠다고 했습니다."

"긍정적으로 검토면 안 오겠다는 말 아니냐?"

"제가 느끼기에는 오기는 올 것 같았습니다. 당시 그가 물어봤던 질문이 있었습니다."

"뭐냐?"

"마교가 본격적으로 모습을 드러내면 중원 무림의 일원으로 정파와 함께 마교를 제거하겠느냐는 것이었습니다."

"마교 놈들이 나타나면 그냥 둘 수는 없지. 중원의 마도의 신은 본 성 하나면 족하다. 하지만 그렇다고 우리가 먼저 나서서 싸울 필요는 없겠지. 그래 너는 뭐라고 답했느냐?"

"당연히 중원의 마도를 대표하는 천존마성의 이름으로 마교는 용납하지 않을 것이라고 했습니다."

"그건 말 잘했구나. 싸운다는 말은 아니니까 거짓이라

고 할 수 없을 거고. 또 보고할 것이 있느냐?"

"좀 이상한 말을 내비쳤습니다."

"이상한 말?"

"예, 창방식에 혈사련은 아무도 보내지 않았다는 것을 슬쩍 말하더니 혈사련을 없애야겠다는 식으로 말하더군요."

순간 만겁마종의 눈에 이채가 나타났다.

"그 자리에 암흑무림 놈도 있었다고 했지?"

"예."

"그런데 혈사련을 없애야겠다는 말을 했단 말이지…… 독심마유."

"예! 성주님."

"우리야 그렇다 치더라도 암흑무림에서 그것을 들었다면 혈사련으로 알려지는 것은 시간 문제일 텐데 왜 그런 말을 했을까?"

만겁마종의 질문에 독심마유의 얼굴에 당황함이 나타났다. 이미 군림맹이나 천외천궁 등에 대해 전혀 알아내지 못하면서 군사로서 체면을 완전히 구긴 상태였다.

그런데 이번 질문까지 제대로 된 답변을 못한다면 만겁마종의 신임을 진짜로 잃을 수도 있다는 불안감이 든 것이다.

문제는 진무성의 행동은 매우 이례적이어서 그도 당장 이유를 유추하는 것이 쉽지 않다는 것이었다.

"그건……."

독심마유가 떠듬거리자 만겁마종이 드디어 진짜로 화가 난 듯 소리쳤다.

"왜 질문에 빨리 답을 안 해! 이것도 모른다고 할 생각이냐?"

"아, 아닙니다. 다만 상황이 상황인지라 조금 시간이 필요합니다."

"그래? 시간이 얼마나 필요하냐?"

"하루 정도면 될 것 같습니다."

"하루 정도면 주지. 단 그때도 알아내지 못하거나 틀린 분석을 하면 용서치 않을 것이니 명심해라."

"아, 알겠습니다."

만겁마종이 경고를 했다는 것은 이번에 실수하면 목숨까지는 몰라도 군사 자리에서는 쫓겨날 수도 있다는 것을 직감한 그의 표정은 사색으로 변해 버렸다. 그리고 애꿎은 사람이 원망을 받고 말았다.

'진무성이 이놈은 왜 그런 말을 해 가지고…….'

독심마유는 무림맹의 군사인 제갈장우와 맞먹을 정도로 이름난 책사였다.

그가 천외천궁과 검각에 대해서 감지를 못한 것은 실제 정보의 부족 때문이었지 그의 능력이 부족해서는 아니었다.

문제는 혈사련을 없애야겠다는 진무성의 그 말은 그조차도 곤혹스러울 정도로 분석이 매우 어렵다는 것이었다.

\* \* \*

"정말 대단하십니다."

백리령하는 진무성을 보며 정말 감탄했다는 듯, 말했다.

하후광적이 진짜로 친서를 보내 진무성을 무림맹으로 초대했기 때문이었다.

"제가 대단한 것이 아니라 단목 공자님께서 애를 많이 써 주신 덕이겠지요."

"하후 맹주님께서는 사적인 감정으로 일을 처리하시는 분이 아닙니다. 단목 공자님을 매우 신임하시긴 하지만 그렇다고 당신의 생각과 다른 일을 허락하실 분은 아니시지요. 진 형에 그럴 만한 자격이 있다고 판단하신 것일 겝니다."

"두 분께서도 같이 가시겠습니까?"

진무성의 반문에 둘은 동시에 고개를 저었다.

"초청은 진 문주님을 했는데 저희가 따라간다면 모양이 좀 이상해질 겁니다. 맹주님도 곤혹해하실 수도 있고요."

 그녀들이 따라간다면 어떤 상황이 펼쳐지건 천외천궁과 검각의 입김이 작용했다는 말이 나올 수 있었다. 그녀들은 이번 방문은 진무성이 혼자서 처리해야 할 사안이라고 판단한 듯했다.

"두 분 말씀이 맞는 것 같긴 합니다."

"그래도 이제 무림 문파의 수장이 되셨는데 어느 정도 위엄은 갖추셔야 한다고 봅니다. 무림맹에는 누구누구 데리고 가실 예정이십니까?"

 곽청비의 질문에 진무성은 미소를 지으며 말했다.

"지금 천의문도 그렇고 군림맹도 조직 구성으로 모두 바쁜데 누구를 데리고 가겠습니까? 그리고 제가 문파의 수장이라는 것도 아직 실감이 가지 않습니다. 그래서 군사만 한 명 데리고 갈 생각입니다."

"군사요? 천의문에 군사가 있었습니까?"

 둘은 처음 듣는 말에 의아한 듯 물었다.

 군림맹이야 그녀들이 주축이 되어 조직을 만들고 있으니 당연히 간부들을 다 알고 있었고, 천의문도 거의 모든 간부들과 안면을 텄지만 군사는 처음듣는 얘기였다.

"얼마 전에 새로 임명했습니다."

"대단하신 분을 영입하신 모양이네요?"

"대단하신 분이지요. 그런 분이 천의문의 군사로 들어와 주신 것은 제겐 정말 천군만마를 만난 것이나 마찬가지입니다. 운이 좋았지요."

"도대체 누구신데 진 문주님께서 이렇게 칭찬을 하실까? 제갈세가분이신가요?"

"아닙니다."

"그럼 누구신데요? 혹시 저희들한테도 비밀은 아니시겠지요?"

"두 분과는 모든 것을 공유하기로 한 가족인데 비밀이 있으면 안 되지요. 설화영이라는 분입니다."

"설화영이요? 여자분이에요?"

둘은 놀란 눈으로 그를 보았다. 군사가 된 사람에 대한 궁금증보다 여자라는 것이 그들을 더욱 놀라게 한 듯했다.

"여자 분이긴 합니다. 그런데 그게 문제가 됩니까?"

"그…… 문제는 아니지만 처음 듣는 이름이라서요."

"세상에 스스로 모습을 드러내신 적은 없지만, 대단하신 분인 것만은 분명합니다."

"진 문주께서 이렇게 확신하시는 것을 보니 정말 대단

하신 분이신 모양입니다. 저희들에게도 소개를 시켜 주실 거지요?"

곽청비는 정말 궁금한 듯 기대하는 눈빛으로 물었다.

"이번에 무림맹 방문을 끝내면 당연히 두 분께 인사를 드릴겁니다. 궁금하시더라도 잠시만 참아 주십시오."

그의 말은 그녀들의 궁금증을 더욱 증폭시킬 뿐이었다.

여자들의 촉은 설화영이 단순한 군사가 아니라고 말하고 있었기 때문이었다.

\* \* \*

근래 일 년간 호사가들의 이야기에서 창룡은 언제나 중심 인물이었다. 그런데 그가 이제 천의문이라는 문파의 수장이 되었고 군림맹이라는 연맹체를 만들면서 중심인물 정도가 아니라 아예 그가 없으면 무림에 대해 이야기 할 것이 없을 정도가 되었다.

그런데 수십 년간 천하제일 고수로 추앙받던 하후광적이 진무성을 친히 무림맹으로 초청했다는 소문이 돌면서, 사람들은 호사가들에게 진무성의 이야기만 원했고 호사가들도 거기에 맞춰 살을 붙이면서 그는 살아 있는 신화가 되어 버렸다.

양민들에게 무림인은 언제나 두려움의 대상이었다. 그런데 진무성이 나타나면서 양민들에게 무림인이 처음으로 동경의 대상이 된 것이었다.

그것은 정말 놀라운 사건이 아닐 수 없었다.

무림의 영웅은 무림인이 만드는 것이 당연했는데, 양민들에 의해 무림의 영웅이 만들어지는 예외적인 사건이 벌어진 것이었다.

\* \* \*

장강을 오가는 연락선은 종류가 다양했다.

여객선으로 불리는 서민들이나 상인들이 이용하는 연락선은 크기도 작고 많은 사람들을 태우기 때문에 매우 비좁았다.

그리고 화려선으로 불리는 부자들이나 상단의 간부들이 타는 장거리용 연락선은 크기도 대단히 컸고 선실과 선방이 상당히 화려하게 준비되어 유람선이라고 해도 될 정도로 안락했다.

장강의 모든 포구마다 들리는 여객선과는 달리 화려선은 이름난 도시의 포구만 들리기 때문에 속도도 빨랐다.

부자들만이 탈 수 있어서 그런지 화려선의 손님들은 대

부분 여유가 있었고 호위 무사들로 보이는 무인들을 대동하고 있는 사람들도 많았다.

"이리 와서 한 잔 드시구려."

온화하게 생긴 노인 한 명이 아주 잘생긴 청년과 얼굴을 가렸지만 대단한 미녀일 것이 분명해 보이는 여인을 보며 손짓을 했다.

거기에는 네 명의 노인이 모여 술을 마시고 있었다. 청년과 여인은 무림맹으로 향하는 진무성과 설화영이었다.

진무성은 노인들과 그들을 호위하는 무사들을 보자 보통 사람들이 아니라는 것을 직감하고는 포권을 하며 공손히 말했다.

"제가 어르신들이 대화를 나누는 자리에 껴도 되겠습니까?"

"공자를 보니 대단히 귀하신 분 같은데 우리 같은 상인들 틈에 끼지 못하실 이유가 있겠소이까? 어차피 며칠은 이 배에서 같이 지내야 할 터인데 이것이 다 인연이 아니겠소?"

그러자 또 한 노인도 거들었다.

"이 배는 술도 꽤 괜찮고 요리도 이름난 주루에 못지않게 맛있으니 같이 듭시다."

"그럼 결례를 무릅쓰고 앉겠습니다."

진무성과 설화영은 그들이 앉아 있는 원탁의 자리에 앉았다.
　제일 먼저 말을 건넸던 노인이 진무성에게 술잔을 권하며 말했다.
　"노부는 황금장의 총행수직을 맡고 있는 연기훈이라고 하오."
　황금장의 총행수라는 말에 진무성은 놀란 표정으로 다시 인사를 했다.
　"이렇게 대단하신 분인 줄은 몰랐습니다."
　황금장은 중원 사대상단으로 불리는 거대 상단으로 그 본부가 절강에 있어 진무성과는 필연적으로 엮일 수밖에 없는 곳이었다.
　"대단은 무슨! 여기 계신분은 천하상단의 부총수라오. 나 같은 총행수보다 훨씬 대단하신 분이라오."
　'천하상단이라고……'
　천하상단의 부총수라는 말에 진무성의 눈에 이채가 나타났다.

# 8장

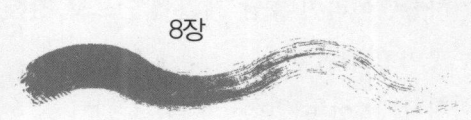

 상단은 총수와 총행수 체제로 나뉜다. 총행수는 행수들의 총책임자로 상단의 모든 상행위를 책임지는 막중한 자리였다.

 하지만 상단의 실질적인 주인을 뜻하는 총수보다는 격이 떨어질 수밖에 없었다. 총행수를 임명하고 자르는 사람이 총수이기 때문이었다.

 부총수라면 총수의 가족이거나 총수가 최고로 신임하는 사람일 것이니 역시 막강한 힘을 가지고 있는 자였다.

 하지만 진무성이 흥미를 느낀 이유는 천하전장이 대무신가와 연관이 있을지도 모른다는 정보 때문이었다.

 천하전장이 천하상단의 산하 기관이니 당연히 연관이

있을 확률이 높았다.

"천하상단이라면 호남 제일 상단으로 천하전장도 운용하는 곳이 아닙니까?"

"하하하! 공자도 아시는구려. 손기락 부총수님은 천하상단에서도 실세 중의 실세인 분이라오."

"그리고 이분은 영원상단의 성부철 총수이고 이분은 금만상단의 천우중 총수라오."

지위상 총수인 성부철이나 천우중이 가장 우대를 받아야 할 것 같지만 보이는 것으로는 그들이 다른 두 명을 대접하는 것 같았다.

중원 사대상단과 지역 상단 간의 차이가 현격하게 느껴지는 장면이었다.

"대단하신 어르신들을 뵙게 된 것 같아서 정말 영광입니다. 그런데 상단의 높으신 어르신들이 다 같이 어디를 가시는 것입니까?"

"무한에서 커다란 거래가 있어서 그곳에 가는 중이외다. 공자도 거기에 가는 것 아니시오?"

연기훈이 진무성에게 살갑게 대한 것은 그의 특유의 육감 때문이었다. 그는 황금장에 말단 행수 보조로 들어가 총행수의 자리까지 올라간 상인들에게는 입지적인 인물이었다.

특히 그의 비상한 재능은 남들이 그냥 지나쳐 가는 사람에게서 돈 냄새를 맡는 것이었다.

놀라운 안목을 가지고 있다는 의미였다.

그는 진무성이 배에 타는 순간부터 눈여겨 보고 있었다. 그리고 친분을 가지면 절대 손해날 일이 없는 사람이라고 판단을 내린 것이다.

굳이 자신들의 정체까지 말한 것도 진무성에게서 환심을 사기 위해서였다. 누구도 상단의 높은 사람을 싫어하는 경우는 없기 때문이었다.

그런데 진무성과 설화영에게 특별한 느낌을 받은 것은 그만이 아니었다. 다른 사람들도 상단에서 잔뼈가 굵으며 수많은 사람들을 만나고 거래한 경험이 있었다.

당연히 그들도 진무성이 보통 사람이 아니라는 것은 느끼고 있었다.

"전 그곳에 가는 것은 아닙니다. 군산에서 저는 내릴 예정입니다. 그런데 무한에서 무슨 거래가 있기에 상단의 어르신들이 이렇게 모여 가시는 겁니까?"

"험! 험!"

연기훈이 입을 열려고 하자 손기락이 손을 입에 대고는 헛기침을 했다. 언뜻 듣기엔 목이 칼칼해서 낸 소리 같지만 처음 보는 자에게 너무 깊은 말은 하지 말라는 주의였다.

그러자 연기훈이 조심스럽게 물었다.

"그런데 공자는 이름이 어떻게 되신다고 하셨지요?"

진무성이 이름을 말하지 않았는데 마치 들었는데 잊은 것처럼 묻는 것은 상대가 기분이 나쁘지 않게 너도 이제 이름을 말하라는 교묘한 화술의 하나였다.

"제가 아직 제 이름도 말씀을 안 드렸군요. 저는 진무성이라고 합니다."

이름을 듣자 연기훈은 물론 모두 진무성의 얼굴을 다시 쳐다보았다. 잠시 어색한 침묵이 흐르고 연기훈이 다시 말했다.

"공자는 이름을 말할 때 곤란한 경우가 꽤 생기겠소이다."

"그럴 이유가 있나요?"

"진무성이면 지금 천하에서 가장 유명한 이름인데 당연히 사람들의 이목을 끌지 않겠소?"

"진무성이 그렇게 유명한 이름입니까?"

"설마, 천의문의 문주이신 진무성 대협을 아직 모르신다는 말씀이시오?"

그들은 진무성이 진무성을 모른다는 것에 더욱 놀랍다는 반응을 보였다.

"하하~ 설마 제가 본인을 모르기야 하겠습니까? 당연

히 압니다."

 진무성의 답에 모두는 어리둥절한 표정을 지었다. 이해가 잠시 안 된 것이었다. 그러나 상인으로 수십 년을 지낸 그들답게 곧 눈치를 챘는지 거의 동시에 벌떡 일어섰다.

"저, 정말 창룡 대협 진 문주님이십니까?"
"지금처럼 그냥 진 공자라고 불러 주십시오."
 네 명의 자세는 급속도로 공손하게 변했다.
"저희들이 어찌 감히 창룡 대협께 그러겠습니까? 용서하십시오."
"용서라니요? 어르신들은 상인이시고 저는 무림인입니다. 무림인으로서의 명성과 어르신들과는 아무 연관이 없는데 이러시면 제가 민망합니다. 방금 하시던 대로 그냥 편하게 대해 주십시오."

 아무리 진무성이 편하게 대하라고 했지만 이미 정체를 안 이상 그들은 그럴 수 없었다. 진무성의 명성은 그들이 아무리 사대상단의 최고위 간부라고 해도 감히 범접할 수 없는 높이에 있었기 때문이었다.

"노부의 손자가 창룡 대협을 엄청 존경합니다. 아마 노부가 대협을 만났다고 하면 아마 기뻐서 까무러칠 겁니다."

"까무러치지 않도록 저를 만난 얘기는 하지 말아야겠습니다."

"이런 영광스러운 일이 어디에 있다고 그걸 말을 안할 수가 있겠습니까? 이제 상인들을 만나면 십 년은 자랑할 수 있는 일이 생겼는데요!"

모두가 한 마디라도 진무성과 더 하려고 계속 말을 걸었다. 지금 진무성과 친분을 가졌다는 한 가지만으로도 상단의 신뢰도는 급상승할 것이 분명했으니 그들로서는 자신들의 상단을 위해서도 이번 기회를 놓칠 수는 없었다.

이번을 놓치면 이제 언제 진무성을 만나게 될지는 미지수였기 때문이었다.

특히 천의문의 총단이 있는 절강성에 뿌리를 둔 황금장의 연기훈이 가장 적극적이었다.

황금장이 제대로 된 상행위를 하기 위해서는 절강의 패자가 된 천의문과의 좋은 관계는 필수적이기 때문이었다.

"그런데 무한에서 어떤 거래가 있으신 겁니까?"

대화를 나누던 진무성은 슬쩍 다시 물었다. 대무신가의 움직임이 전혀 없는 지금 상황에서 거대 상단의 간부들이 같이 움직인다는 것은 뭔가 의심쩍은 느낌이 들어서였다.

잠시 멈칫했지만 이번에도 유기훈이 먼저 나섰다.

"원래 상인들 간의 거래는 비밀이 우선입니다만 창룡대협께 숨길 수는 없지요. 사실은 암흑상단에서 채굴하는 암탄을 경매에 부친다고 해서 가는 중입니다."

암탄은 땅속에서 채굴하는 검은 흙으로 불에 잘 타고 화력이 좋아 대장간을 비롯 여러 분야에서 필수적으로 들어가는 아주 귀한 상품이었다.

암탄은 황실의 전유물로서 개인적으로 캤냈다가는 큰 벌을 받는 거래 금지 물품이었다.

물론 부패한 관리들 덕에 이따금 뒤로 빼돌려 나오는 물건들이 있었지만 그 양도 적었고 그 가격 역시 너무 높아 시중에서 구한다는 것은 하늘의 별따기에 가까웠다.

그런데 황실의 간섭을 받지 않고 암탄을 거래하는 곳이 있었다.

바로 암흑상단이었다.

암흑상단은 이름에서 알 수 있듯이 암흑무림에서 운영하는 지하 상거래를 독점하는 상단으로 나라에서 금지하는 모든 물품은 물론 마약이나 독 같은 아주 위험한 물건도 돈만 주면 구할 수 있는 곳이었다.

재화상단에서 제황병을 구한 곳도 암흑상단이 운영하

는 지하 상거래에서였다.

 암탄은 암흑상단에게 돈을 벌어 주는 최대의 상품이었다. 암흑무림 자체가 암탄을 채굴하는 죄인들이 반란을 일으키며 만들어진 세력이었고, 여전히 그곳에서는 암탄이 채굴되고 있었다.

 암흑상단은 암탄의 높은 가격을 유지하기 위해 언제나 적당량을 상단들에게 경매를 붙였는데 이번에 대량을 판매하겠다고 공지를 한 것이었다.

 원체 높은 가격이 불러질 것이 예상되기에 보통 행수들로서는 결정을 하기 어려워 각 상단의 최고 결정권자들이 직접 행차를 하게 된 것이었다.

 '암흑무림에서 왜 갑자기 큰돈이 필요한 거지?'

 암흑상단의 돈은 당연히 암흑무림으로 들어가는 것이니 암흑무림에서 큰돈을 필요로 하는 일이 생겼다는 의미이기도 했다.

 진무성에게는 아주 중요한 정보가 아닐 수 없었다.

 "그럼 다른 상단에서도 모이겠군요?"

 "원체 큰돈이 오가는지라 여간한 상단은 초대도 못받습니다. 아마 많아야 이십여 상단이 모일 것으로 생각하고 있습니다."

 "네 분 중 누구라도 한 분에게 행운이 깃들었으면 좋겠군요."

"하하하! 창룡 대협께서 그렇게 말씀을 해 주시니 저도 한 번 노려봐도 되겠습니다."

영원상단의 성부철 총수가 기분 좋다는 듯이 커다랗게 웃었다.

사실 영원상단이나 금만상단은 그들이 경매에 이긴다는 생각보다는 이긴 상단에게 조금의 암탄이라도 거래를 해 보기 위해 간다고 할 수 있었다.

"그럼 창룡 대협께서는 지금 무림맹으로 가시는 중이시군요?"

천하상단의 손기락이 물었다.

"그것은 어떻게 아셨습니까?"

"그야, 무림맹 총단이 군산에 있는 것은 모든 사람들이 다 알고 있지 않습니까. 그리고 무림맹주님께서 창룡 대협께 초청장을 보냈다는 소문도 이미 널리 퍼져 있습니다."

"그랬군요? 상단의 정보망이 어떤 정보망보다도 광범위하고 정확하다고 하더니 대단하군요?"

"정보에서 뒤처진 상단은 도태될 수밖에 없습니다. 상인들은 팔기만 하면 되지만 상단은 다음해 어떤 물건들이 잘 팔릴 것인지 어떤 생산품이 모자랄지를 예측해 내는 것은 가장 중요한 업무라고 할 수 있습니다."

"그렇겠군요."

그의 말에 진무성은 미소를 지으며 슬쩍 말없이 앉아 있는 설화영을 보았다.

그녀를 돕는 태평상단이 단시일에 중원 사대상단의 한 곳으로 커진 것이 바로 그녀가 그것을 예측해 준 덕분이었기 때문이었다.

"그런데 네 분은 각기 활동하는 지역이 다른 것 같은데 어떻게 같이 움직이시는 겁니까?"

"저희 네 상단은 서로 협력을 하는 사이입니다. 그래서 이번 경매 건도 먼저 만나서 의논을 하고 같이 출발하게 된 것이지요."

"중원 사대상단이면 태평상단도 있다고 들었는데 그곳과는 친하지 않으신 모양입니다?"

"태평상단은 장강 이북이 주요 상권이라 저희와는 겹치는 부분이 적습니다. 그리고 암흑상단과는 아예 거래를 하지 않는 것으로 유명합니다."

"그런데 창룡 대협 같이 높으신 분이 이렇게 호위도 없이 혼자 움직이셔도 괜찮으신 겁니까?"

유기훈은 아무리 봐도 진무성의 일행으로 보이는 사람이 옆에 앉아 있는 면사를 쓴 여인 외에는 없어 보이자

의아한 듯 물었다.

"호위를 데리고 다녀야 할 정도로 불안하면 무림인이라 할 수 없지요."

진무성의 말은 액면 그대로 자신의 생각을 말한 것이지만 듣는 그들은 감탄이 절로 나올 만한 답이었다.

"허허허~ 역시 천하를 오시(傲視)하는 영웅의 답은 범인과는 다르군요. 맞습니다. 천하에 누가 있어 감히 창룡 대협께 무례를 저지르겠습니까?"

손기락은 뒤에 있는 호위무사를 보며 물었다.

"너희도 창룡 대협을 직접 뵈니 영광스럽지 않으냐?"

그의 말대로 호위무사들은 진무성의 정체를 안 후로 바짝 기합이 든 듯 미동조차 하지 못하고 얼어 있었다. 상인인 그들과는 달리 무림인인 호위무사들에게 진무성은 눈도 감히 부딪칠 수 없는 하늘 그 자체였기 때문이었다.

"지금 저희가 나눈 대화는 저희 외에는 아무도 듣지 못했을 것입니다. 그러니 저에 대해서는 제가 내릴 때까지는 비밀로 해 주십시오."

사실 이 자리에 모인 네 명의 신분이 상당히 높았고 가장 좋은 자리에서 비싼 요리와 음식까지 시켜먹고 있으니 다른 사람들의 주목을 끌 수밖에 없었다.

더욱이 그들의 목소리도 절대 작지 않았는데 창룡 대협

이라는 말이 나왔는데도 다른 사람들은 전혀 반응이 없어서 그렇지 않아도 이상하다고 생각하고 있던 그들은 진무성의 말에 감탄한 듯 입을 벌렸다.

"이, 이게 말로만 듣던 소리를 막는다는 기막이군요?"

대화가 다른 사람에게 들리지 않도록 막는 것은 최소한 내공이 이갑자는 되어야 가능하기에 상인들인 그들로서는 얘기만 들었지 직접 경험한 적은 없었다.

그런데 그것을 드디어 경험했으니 감격하지 않을 수 없었다. 다만 다른 무공과는 달리 변한 것이 전혀 없다는 것이 좀 아쉬울 따름이었다.

"그럼, 전 이만 가 보겠습니다."

진무성이 일어나자 네 명의 노인도 급히 일어나 허리까지 굽히며 공손히 인사를 했다.

그제야 주위에서 그들을 보고 있던 사람들의 표정이 변했다. 도대체 진무성이 누구기에 거대 상단의 최고위직에 있는 사람들이 허리까지 굽힌단 말인가…….

진무성이 대단한 사람이라는 것을 직감한 사람들의 시선이 그에게 향하기 시작했다.

그러거나 말거나…….

오늘 들은 상인들과의 대화는 별거 아닐 수도 있었다. 하지만 진무성은 자신이 모르는 또 다른 세계의 단면을 발견한 듯 상당히 흥분한 표정이었다.

* * *

뱃머리 난간에 선 진무성은 강바람이 시원한지 심호흡을 크게 한 번 했다.
"장강은 언제 봐도 아름다운 것 같지 않아?"
"아름다워요. 장강이 보이는 한적한 곳에 집을 짓고 살면 참 좋을 것 같아요."
"빠른 시일 안에 그렇게 되도록 내가 만들 거야."
"너무 무리하지 마세요. 서두르는 것은 실패할 확률이 높아집니다."
"알았어. 그런데 영 매는 아까 본 상단 어르신들을 어떻게 느꼈어?"
"좀 의아했어요."
"뭐가?"
"분명 서로 협조하는 사이라고 했지만 속마음은 모두 다른 것 같더라고요."
"그렇지? 나도 그렇게 봤어. 분명 화기애애한 분위기는 맞는데 대화 한 마디 한 마디를 서로 조심하는 것으로 보아, 경매에 어떤 액수를 써 낼지 서로 떠보는 것 같더라고. 협조하는 사이에도 저 정도면 경쟁하는 사이에서는 무림인들 전쟁 못지않은 치열한 싸움이 벌이고 있을 거야."

"태평상단의 구양 총수님은 상단과의 경쟁에서 패하는 순간 패가망신한다고 하시더군요. 직접적으로 죽이는 것은 아니지만 실지로는 더 잔인할 수도 있다고 하셨어요."

실지로 망한 상단의 총수일가가 집단 자살하는 경우는 흔하게 일어나는 사건이었다.

망하는 순간 몰려드는 빚쟁이들은 실로 그 어떤 고문보다도 더 괴로울 수 있었다.

"돈이란 것이 정말 무섭기는 하지. 사람을 완전히 피폐하게 만들기도 하니까."

당장에 진무성 또한 은자 두 냥에 자신의 목숨을 팔았다가 집안이 완전히 풍비박산이 난 경험자가 아니던가…….

"그런데 천하상단의 손기락 부총수란 분이요. 좀 특이한 점이 있었어요."

"어떤 점이 그랬지?"

"감정을 느끼기가 어려웠어요."

손기락은 진무성을 보자 크게 놀랐고 지위에 맞지 않게 대단히 공손했으며 웃음도 많았다. 그들 중 가장 감정이

풍부해 보였는데 감정을 느끼기 어려웠다니…….

"영 매도 느꼈구나?"

"아닌 척하기는 했지만 눈동자에 변화가 전혀 없었어요. 철처하게 자신을 숨기고 있다고 판단했습니다."

사람의 감정에 변화가 생기면 가장 먼저 변하는 것이 바로 눈동자였다. 아무리 침착한 사람도 눈동자의 검은 점이 변하는 것까지는 조절이 안 되기 때문이었다.

그런데 손기락은 눈동자의 변화가 전혀 없었다. 가히 인간이라면 다 가지고 있을 감정을 가지지 않았다고 봐야 했다.

"의서에 죄책감이나 동정심 같은 것을 전혀 느끼지 못하는 이상 심리를 가지고 태어나는 사람이 있다고 하던데 그런 종류의 사람인 모양이군?"

"절대 가까이 해서는 안 될 사람이라고도 하죠."

"천하상단이란 곳이 수상한 곳이라는 의심이 점점 확신이 되어 가는 것 같아…… 내 계획에도 참고해야겠어."

"무슨 계획이요?"

"저분들과 대화를 나누다가 갑자기 내가 모르는 새로운 세상이 있다는 생각이 들었어. 다만 아직은 어떻게 할지 확실하게 정리가 안 돼서 정리가 끝나면 그때 영 매에게 말할 생각이었어."

"정리가 안 됐어도 괜찮으니까 말씀해 보세요."

"영매가 싫어할 수도 있는 계획인데?"

"무엇이든 상공이 정하시면 그게 바로 제가 좋아하는 것입니다. 어찌 싫어하는 것이 있겠습니까?"

그녀의 말이 그를 기쁘게 했지만 진무성은 잠시 머뭇거릴 수밖에 없었다.

설화영은 그가 어떤 생각을 하건 무조건 따른다고는 하지만 자신이 위험해지는 상황을 만드는 것만큼은 원치 않는다는 사실을 알고 있기 때문이었다.

"무슨 계획이신데 그러세요?"

진무성이 머뭇거리자 설화영은 불안한 눈빛으로 다시 물었다.

"저기 여객선하고 어선들 보이지?"

장강은 언제나 많은 배들이 오갔다. 작은 어선들은 어디를 봐도 보였고 여객선들도 상당히 많이 통행을 하고 있었다.

"보여요."

"우리가 탄 이 배는 참 안락하고 탄 사람들도 모두 여유가 있어. 하지만 저 여객선은 사람들이 너무 많이 타서 제대로 앉지도 못할 정도야. 거기다 모두 짐까지 바리바리 머리에 이고 있거나 짊어지고 있어. 그리고 표정을 봐. 생활에 지치고 찌들어 행복이 전혀 보이지 않잖아. 무엇이 그런 차이를 만드는 것일까?"

"……그거야 돈이 없다는 차이 아닐까요?"

너무 뻔한 답이었지만 설화영도 즉시 입을 열지는 못했다. 세상이 너무 돈에 지배를 받는 것 같은 상황이 마음에 안 들어서였다.

"맞아. 돈이야. 내가 흑도들을 없애고 저잣거리의 왈패들까지 소탕한 이유는 양민들의 삶을 좀 편하게 해 주고 싶다는 마음이 컸어. 그런데 계속 뭔가 미진한 생각이 들더라고. 내가 뭘 빠뜨렸는지 그걸 찾지 못했는데 오늘 그것이 무엇인지 알았어."

"……"

설화영은 진무성이 무슨 생각을 했을지 짐작이 가는 듯 불안한 표정으로 쳐다볼 뿐이었다. 그러나 진무성은 계속 말을 이어 갔다.

"무림인으로서 저들을 안전하게 해 준다는 나만의 만족감에 빠져서 저들이 진짜 바라는 것이 생활 자체에서 오는 어려움에서 벗어나는 것이라는 사실을 알면서도 무의식적으로 내가 그것을 도외시한 것 같아."

"상공, 가난은 황제도 어쩌지 못한다고 했습니다."

"그래, 가난은 누구도 구제할 수 없지. 하지만 도움을 주려고 노력은 할 수 있다고 봐."

"어떡하시려고요?"

"부자들을 쥐어짜서 돈을 좀 기부하게 하면 어떨까? 저들에게는 푼돈이지만 어려운 사람들에게는 큰 도움이 될 수 있을 거야. 거기에 더해 상단에게도 압력을 가해서 일군들을 더 뽑게 하는 거야. 일할 곳이 많아지면 생활에 도움이 되지 않겠어?"

설화영은 살짝 당황한 듯 멈칫했다.

'아~ 너무 위험하신 생각인데…….'

부자를 건드린 황조는 반드시 망했다. 그것은 황실은 세상을 지배하지만 세상을 움직이는 것은 바로 부자들이기 때문이었다.

특히 상단은 천하의 돈의 반 이상을 움직이는 자들로 양민들에 대한 실질적인 영향력은 무림보다 더 크다고 할 수 있었다.

설화영은 진무성의 계획이 어쩌면 대무신가보다 더 무서운 적을 만들 수도 있다는 생각이 들었다.

하지만 진무성이라고 그 사실을 모르고 그런 생각을 했을 리 만무라는 것을 그녀도 알고 있었다.

그가 결정한 이상 그녀는 무조건 그의 편이 되어야 했다.

"그래요. 상공께서 그렇게 계획을 세우신다면 저는 무조건 도와야지요."

"영 매가 반대할 줄 알았는데 도와준다니 고맙네~ 아무래도 내가 군사 하나는 정말 잘 둔 것 같아."

"무림인이 상단이나 부자들을 건드리면 사파로 불릴 수도 있다는 것은 아시지요?"

"강도 취급을 받을 수도 있을걸? 그래도 서로 돕고 사는 것이 올바른 인간 세상 아닐까?"

"안타깝지만 사람들은 자신의 이익에 반하면 무조건 저항을 하니까요. 하지만 상공께서 하시겠다면 해야지요. 소첩도 최대한 잘되는 방향으로 생각을 해 보겠습니다."

"고마워."

진무성의 만면에 미소가 가득 흘렀다.

무조건적으로 자신의 편이 되어 주는 사람을 곁에 둔다는 것은 대단한 행운이라고 할 수 있었다.

\* \* \*

"연 행수, 진짜 비상 상황에서만 날리는 전서까지 날린 것을 보니 급하신 모양이오?"

상단에서도 전서구는 아주 요긴한 연락 방법이었다. 하지만 중요 상회에만 가지고 있을 뿐, 이런 식으로 이동 중에 가지고 다니다 아무 장소에서나 날릴 수 있는 전서구는 매우 귀했다.

 우선 전서구를 가지고 이동 하는 것이 쉽지 않았다. 풀어 주면 사라지기 때문에 새장에 넣어가지고 다녀야 하는데 짧은 거리는 몰라도 며칠씩 가지고 다니면 전서구가 매우 괴로워했다. 게다가 장강의 배처럼 처음 본 장소에서 집을 찾아가는 것은 아주 경험이 많은 전서구나 가능했다.

 그래서 가지고 나간다 해도 정말 중요한 때만 날리는 것이 보통이었다.

 그런데 연기훈이 전서구를 날린 것이다.

 손기락의 말에 연기훈은 겸연쩍은 표정으로 답했다.

 "손 부총수님께서는 어떨지 몰라도 저희 황금장에게 창룡 대협은 생사여탈권을 가지고 있다 해도 과언이 아닌 분입니다. 그래서 고민하다가 연락을 드린 것입니다."

 "하긴 천의문 총단이 있는 막간산과 황금장이 있는 항주는 반나절 거리이니 중요하긴 하지요. 그런데 천의문 창방식 때 황금장에서는 가시지 않았습니까?"

 "사실은 그래서 제가 전서까지 보낸 것입니다. 천의문

에서 황금장에 초청장을 보내지 않았습니다. 그래도 찾아가는 것이 순리다 싶어 알아봤는데 상단은 물론 상인들 자체를 받지 않겠다고 하더군요."

"그래요?"

어떤 문파건 창방을 하면 그 지역의 상단과의 친분은 매우 중요했다. 문파의 돈줄이기 때문이었다.

"손 부총수님 보시기에도 특이한 분 같지 않으십니까?"

"특이하다 정도로 넘기기에는 불안하지요. 상식적이지가 않으니까요. 그런데 창룡 대협 말입니다. 진짜이긴 할까요?"

"예? 그게 무슨…… 말씀이신지?"

손기락의 질문에 연기훈은 약간 당황한 듯 반문했다.

"제가 천하전장의 장주 일을 할 때 정말 많은 무림인들을 만났습니다. 대단한 명성을 지닌 분들도 꽤 있었는데 보기만 해도 오금이 저릴 정도로 매우 강한 기를 가지고들 계셨습니다. 그런데 저분은 명성과는 달리 너무 기가 약하다는 생각이 들었습니다."

진무성이 천의문을 개파하면서 정체를 밝히기 전까지는 그를 삼두육비(三頭六臂)의 무시무시한 괴물로 묘사하는 호사가가 있을 정도였다.

그런데 지금 보이는 진무성은 삼두육비는커녕 그들이 자주 만나는 흑도파의 두목들보다도 유순해 보였다.

연기훈은 손기락의 의심이 일견 타당성이 있다는 생각이 들었다.

가짜라고 해도 누가 감히 창룡에게 가서 가짜냐고 물어볼 배짱을 가진 사람이 있겠는가…….

하지만 연기훈은 곧 고개를 저었다.

"죽으려고 작정을 하지 않은 이상 누가 있어 창룡 대협을 사칭하겠습니까? 전 진짜라고 믿습니다."

"저도 꼭 가짜라고 하는 것이 아니라 한 번 의심은 할 수 있다는 말입니다."

아니라고는 했지만 의심에 슬쩍 불을 붙이는 데 성공한 손기락은 슬쩍 뒤로 물러섰다.

그가 노리는 것은 연기훈과 진무성이 친분을 더 갖는 상황을 막는 것이었다.

연기훈은 지금 진무성에게 진심으로 대하고 있었다. 그것은 상대에게 좋은 감정이 들게 한다.

하지만 그가 의심을 심어 주면 자신도 모르게 그 의심이 행동에서 나타날 것이고 창룡 정도 되는 고수라면 그것을 금방 눈치를 챌 것이 분명했다.

자신을 의심하는 사람과 친해지고 싶은 사람은 없었다.

아주 교묘하게 두 사람 사이를 벌어지게 만드는 것은 손기락의 특기였다.

하지만 그의 이간질은 당장 실패하고 말았다.

"저, 저게 뭐지?"

갑자기 사람들이 배의 전면으로 몰리며 웅성거렸다.

군선이라고 해도 무방할 정도로 커다란 배와 그 배를 엄호하는 십여 척의 쾌속선이 그들의 배의 전면에 나타난 때문이었다.

심지어 배에는 무기를 멘 무사들이 타고 있었다.

수적인가 불안해하던 사람들은 누군가의 외침에 눈이 커졌다.

"무림맹의 배다! 저 깃발은 무림맹의 깃발이 분명하다."

무림맹이 있는 군산은 아직도 하루는 더 가야 하는데 이곳에 왜 무림맹의 배가 나타난다는 말인가······.

아니 그것보다 양민들이 타는 배를 왜 막았을까?

모두는 무림맹이라는 말에 수적은 아니라며 안심하면서 긴장한 모습들이었다.

그때, 큰 배의 전면에 서 있던 큰 덩치의 중년인이 크게 외쳤다.

"저는 무림맹의 경비대장 대룡신검 형표라고 합니다.

천의문의 문주님이신 창룡 대협께서 오신다는 말을 듣고 마중을 나왔습니다. 진 문주님께서 그 배에 계시다면 이제부터 저희들이 모실 것입니다."

순간 배에 타고 있는 사람들은 눈이 휘둥그래져서는 주위를 둘러보았다.

창룡 대협이라니?

그들도 한 번이라도 보기를 원하는 무림의 최고 영웅이 같은 배를 타고 있었다는 말이 아닌가…….

급히 달려왔던 연기훈은 형표의 외침을 듣자 손기락을 보며 미소를 지었다.

"보십시오. 진짜 맞지 않습니까?"

"제가 판단을 잘못한 것 같습니다."

손기락은 고개를 숙였지만 그의 눈동자는 여전히 아무런 변화가 없었다.

"굳이 여기까지 오실 필요 없었는데 너무 수고를 끼치는 것 같습니다."

그때 누군가의 목소리가 들리자 모두의 시선이 그쪽으로 향했다. 창룡이 아니라면 그런 대답을 할 리가 없으니 그가 바로 창룡이 아니겠는가…….

모두는 목소리의 주인공을 보자 약속이라도 한 듯 허리를 숙였다.

자발적인 존경의 표시였다.

# 9장

'무림에 정말 진정한 영웅이 등장했는가……?'

그 모습을 본 형표는 자신도 모르게 감탄사를 터뜨렸다.

양민들이 무림인을 보고 자발적으로 허리를 숙여 존경을 표하는 경우가 있었던가…….

맹세코 그가 살아오는 동안 한 번도 본 적이 없는 광경이었다.

그는 더욱 공손한 어투로 다시 소리쳤다.

"진 문주님을 최대한 정중히 모시라는 맹주님의 특별한 당부가 계셨습니다. 배에 다리를 만들겠습니다."

진무성의 무공이면 간단히 신법으로 넘어갈 수 있었지

만 직접 넘어오라고 하는 것은 결례일 수 있었다.

"아닙니다. 제가 그냥 넘어가겠습니다. 잠시만 기다려 주십시오."

말을 마친 진무성은 몸을 돌리더니 뒤쪽으로 걸음을 옮겼다.

몰려 있던 사람들은 황급히 몸을 움직여 통로를 만들어 주었다.

뜻밖에도 진무성이 다가간 사람은 연기훈이었다.

"연 총행수님, 생각지도 않게 무림맹에서 사람들이 마중을 나왔네요. 하루는 더 친분을 나눌 기회가 있을 줄 알았는데 안타깝게도 어려울 것 같습니다. 아쉽지만 이만 헤어져야 할 것 같습니다."

진무성이 직접 자신을 찾아와 이런 말을 할 줄은 생각도 못했던 연기훈은 황급히 허리를 숙이며 황송하다는 듯 공손히 답했다.

"창룡 대협과 술잔을 기울인 것은 이 늙은이 평생 최고의 영광이었습니다. 제게 이렇게 와서 이런 말까지 해 주시다니 정말 몸둘 바를 모르겠습니다."

그는 감동한 듯 눈에 눈물까지 보일 정도였다.

"황금장 총수님께 제가 한 번 찾아뵙겠다고 전해 주십시오."

"창룡 대협께서 방문해 주신다면 총수님께서도 매우 기뻐하실 것입니다."

"그리고 지금 하는 말은 주위에서 듣지 못합니다. 경매가 벌어지는 곳이 무한의 어디입니까?"

남들이 듣지 못한다는데 망설일 이유가 그는 없었다. 심지어 그는 경매보다 진무성과 친분을 쌓는 것이 더 중요하다고 판단을 한 상황이 아니던가…….

"무한의……."

장소와 날짜까지 다 들은 진무성은 포권을 하며 말했다.

"어제 주신 술은 아주 맛있었습니다."

말을 마친 진무성의 몸이 스르르 공중으로 떠올랐다. 놀라운 것은 좀 떨어져 있던 설화영의 몸도 같이 공중으로 뜬 것이었다.

그가 있는 배에서 무림맹의 배까지는 거리가 그리 멀지 않아서 신법으로 몸을 날리는 것은 일류급의 무림인이면 할 수 있었다.

하지만 진무성처럼 마치 공중으로 부양이라도 하듯 천천히 떠오르는 것은 초절정 고수인 형표조차 할 수 없는 신기였다.

만약 설화영이 무공을 모른다는 것까지 알게 된다면 아마 그는 기함을 했을 수도 있었다.

손도 안 대고 설화영이 떠올랐다는 것은 내공을 이용해 허공섭물의 수법으로 들어 올렸다는 것인데 자신이 공중으로 뜨는 상황에서 다른 사람을 내공으로 떠오르게 한다는 것은 놀랄 정도가 아니라 들어 본 적도 없는 놀라운 기사(奇事)였기 때문이었다.

 설화영의 옆으로 천천히 공중을 걸어간 진무성은 스르르 형표가 있는 배로 넘어갔다.

 배에 탄 사람들은 말로만 듣던 하늘을 나는 천인을 만났다는 감격으로 다시 허리를 숙여 정중히 진무성을 배웅했다.

 '놀랍군…… 단순히 배를 건너는 모습만으로 저 많은 사람들의 마음을 단숨에 휘어잡았어. 사람들을 끌어들이는 마력을 지닌 자야.'

 형표는 진무성이 자신의 배에 내려서자 허리를 깊숙이 숙여 맞았다.

 사람을 끌어들이는 진무성의 마력에 그 역시 넘어간 것이었다.

* * *

 "지존, 괴상한 정보가 하나 들어왔습니다."

파천혈마는 흑면수사의 보고에 인상을 찌푸렸다.

이상한 정보나 의심스러운 정보라는 말을 들었어도 괴상한 정보라는 말은 처음 들었기 때문이었다.

"뭘 들었기에 괴상한 정보라는 거냐?"

"정보는 믿을 만한 곳에서 나왔다고 하는데 내용이 좀 터무니없습니다."

"말해 봐라."

"창룡이 세웠다는 천의문 말입니다."

"건방진 놈! 어린놈이 명성 좀 얻었다고 오만해져 가지고 그 나이에 문파를 세워! 거기다 그 어린놈에게 조공을 보낸 천존마성이나 암흑무림 놈들은 배알도 없는 놈들 아니냐?"

파천혈마는 천존마성과 암흑무림이 창방식에 참여한 것을 조공이라 칭하며 마도와 사파의 치욕이라고 공공연히 떠들고 있었다.

그 덕에 그렇지 않아도 사이가 좋지 않던 천존마성과는 대무신가 문제로 몇 번 연락을 주고받았지만 이젠 그것마저도 완전히 끊어져 버릴 정도로 악화가 되어 있었다.

"천의문이 본 련을 칠 거라는 정보가……."

"뭐야?"

파천혈마의 노한 목소리에 흑면수사의 입이 닫혔다.

"도대체 어떤 미친놈이 그런 말도 안 되는 정보를 주었다는 것이냐?"

"본 련과 오랫동안 거래를 해 오던 암흑상단에서 나온 정보입니다."

"암흑상단은 자신들은 무림일에는 상관하지 않는다고 떠벌리면서 그걸 어떻게 입수해?"

"암흑무림의 고위직에게서 나온 정보라고 했습니다. 아무래도 일부러 저희에게 흘린 것이 아닐까 추측하고 있습니다."

파천혈마는 주위 간부들을 보며 물었다.

"너희는 이게 맞는 정보 같으냐?"

"군사 말대로 좀 괴상한 정보인 것 같습니다. 천의문의 총단이 있는 곳이 절강입니다. 천존마성이 있는 광동은 절강과 근접해 있고 세력권도 겹칠 수가 있으니 천존마성을 친다면 모르겠지만, 본 련과는 거리상으로나 이해적으로 부딪칠 일이 전혀 없는데 지금 상황에서 본 련을 친다는 것은 그 동기를 찾기가 어렵습니다."

호법인 천수검마의 말에 장로인 축융마랑이 부언했다.

"거기다 어떤 문파를 공격한다는 것은 극비 중의 극비로 일을 진행하는 것이 맞습니다. 그런데 다른 곳도 아니고 암흑상단을 통해 정보가 흘러들어왔다는 것도 이상하지 않습니까?"

둘의 반론에 흑면수사가 조심스럽게 받았다.

"창룡이 처음 모습을 드러낸 곳이 본 련의 세력권 안이었습니다. 그래서 본 련과는 여러 차례 부딪쳤고 피해도 심각하게 입었습니다. 그래서 창귀를 죽이려고 추적대까지 꾸린 적이 있었다는 것을 잊으시면 안 됩니다."

"그래서 군사는 그 정보가 맞다고 판단한 건가?"

천수검마의 반박에 흑면수사는 아니라는 듯 급히 말했다.

"저도 그 정보가 꼭 맞다고 생각하는 것은 아닙니다. 그래서 괴상한 정보라고 한 것이지요. 다만 천의문과 이해 관계가 전혀 없다고는 볼 수 없다는 것입니다. 그리고 중요한 사실은 저희에게 정보를 준 암흑상단 행수의 정보가 지금까지 틀렸던 적이 한 번도 없었다는 점입니다."

"군사 그러니까……."

천수검마의 언성이 높아지자 파천혈마가 손을 들어 제지하며 말했다.

"그만! 흑면수사."

"예!"

"천의문이 본 련을 공격할 거라는 정보에 대해 군사로서 어떻게 생각하느냐?"

"천의문만으로 본 련을 치는 것은 자살 행위라는 것을 창룡도 알 것입니다. 그렇다면 누군가의 도움을 받아야 한다는 말인데 그럴 경우 무조건 저희에게 정보가 들어오게 됩니다. 공격을 하겠다는 정보는 사실일지 몰라도 실지로 공격을 할 수 있느냐는 가능성이 별로 없다고 판단합니다. 다만 만약을 위해 련에 비상을 걸고 외부로 나간 수하들 중 불러들일 수 있는 자들은 모두 불러들이는 것이 어떨까 생각합니다."

"그럼 암흑무림에서 그 정보를 우리에게 흘린 것은 왜일까? 우리에게 호의적이어서? 아니면 뭔가 수작을 부리기 위해서? 넌 어떤 것 같으냐?"

"제게 정보를 보낸 암흑상단의 행수가 암흑무림의 사주를 받은 것이 맞다면 본 련을 위해서 그랬을 리는 없습니다."

"그럼?"

"대무신가 때문에 주춤하기는 했지만 본 련과 암흑무림은 암암리에 세력을 확대하고 있었습니다. 그래서 알게 모르게 여러 곳에서 부딪쳤습니다. 저는 그 정보가 거짓이라면 저희의 세력을 불러 모으게 해서 위축을 시키려는 속셈이 있다고 생각합니다."

"그 정보가 만약 사실이라면 이유가 무엇일 것 같으냐?"

"본 련과 창룡이 이끄는 정파 간에 양패구상(兩敗俱傷)을 노린 것일 수도 있다고 판단됩니다."

흑면수사의 말이 끝나자 파천혈마는 심각한 표정으로 눈을 감았다.

'흑면수사의 말을 따랐어야 했나…….'

흑면수사는 천의문의 개파대전에 혈사련도 사절을 보내야 한다고 주장했었다.

그는 대무신가가 진짜 천년마교라면 중원의 적들과 더 이상의 적대적인 관계를 이어 가는 것은 위험하다고 했다.

마교를 제거한 후에 다시 싸워도 늦지 않다는 것이었다.

그러나 다른 간부들의 반대가 심했고 그 역시 씹어먹어도 모자랄 창룡을 축하해 준다는 것이 내키지 않았다.

진무성 때문에 죽은 수하들은 물론 금전적으로 매우 큰 손해를 보았기 때문이었다.

그런데 천존마성과 암흑무림까지 사절을 보냈고 생각지도 않았던 군림맹의 탄생을 보며 생각이 매우 복잡해진 것이다.

"탈명신사."

"예!"

"외부로 나간 무력대들을 모두 소환해라. 그리고 련에 비상을 걸고 경비 체계를 강화하라고 해라."

"존명!"

파천혈마는 천의문이 혈사련을 공격할 거라는 정보를 믿지 않았다. 하지만 그렇다고 허투루 들을 수도 없었다.

그 역시 수십 년을 사파 제일 세력인 혈사련을 이끌어 온 절대자였기 때문이었다.

\* \* \*

무황도에 도착한 진무성은 수많은 사람들의 환대 속에 무림맹 총단으로 들어갔다.

특히 젊은 무인들의 환대가 대단했다.

정파인이고 굳은 심지를 지닌 무림맹도임을 감안한다면 그들이 진무성에게 보이는 열광적인 환영 인사는 정말 특별하다고 할 수 있었다.

동시에 그의 곁에 다소곳이 붙어 걸어가는 설화영에 대해서도 관심이 폭발했다.

더구나 얼굴을 가렸음에도 몸 자체에서 배어 나오는 청초함과 조신함까지는 가릴 수 없었으니 거친 무림 여협들만 상대하던 그들로서는 눈길이 안 갈 수 없었다.

[맹주님께서 직접 초청한 것도 마땅치 않거늘, 여인까지 데리고 오다니 무림맹 총단을 무슨 소풍이라도 온 것으로 착각한 것은 아닌가 모르겠소이다.]

[그러게 말입니다. 그런데 저자의 무공이 정말 그렇게 높긴 한 걸까요? 워낙 소문이 대단하니 믿고는 싶은데 지금 보니 소문이 좀 과장됐다는 생각도 듭니다.]

마중을 나왔다고 모두 진무성을 환영하는 것은 아니었는지 누군가 진무성이 총단으로 들어가는 모습을 보며 마음이 불편한 듯 전음으로 대화를 나누고 있었다.

원체 많은 사람들이 전음으로 의견을 나누고 있어서 진무성이 듣지 못한 것을 그들은 다행이라 여겨야 했지만 알 리 없었다.

"어서 오십시오, 진 문주님."

총단 안에 들어서자 드디어 무림맹의 핵심 인물들이 모습을 드러내기 시작했다.

가장 먼저 인사를 한 사람은 군사인 제갈장우였다.

"제갈 대협께 인사드립니다."

"어려운 걸음을 하셨습니다. 이제 제가 안내를 하겠습니다."

무림맹 최고위직이라고 할 수 있는 군사가 직접 안내를 하겠다는 것은 무림맹에서 진무성을 얼마나 높게 쳐주는

지 알 수 있는 대목이었다.

그러나 장로나 호법 등 군사와 맞먹는 지위에 있는 사람들도 많은데 굳이 제갈장우가 직접 나선 것은 안내를 하는 동안 진무성의 생각을 먼저 염탐해 보고자 하는 의도가 있음이 분명했다.

"진 문주님께서 초청장을 보내 주시지 않아서 솔직히 좀 서운했습니다. 보내만 주셨다면 제가 꼭 참석하려고 했었는데 말입니다."

"어차피 다 보낼 수도 없는 상황에서 누군 보내고 누군 안 보내고 하는 것은 별거 아닌 일로 사이가 나빠질 수도 있다고 생각했습니다. 그리고 초청장을 보냈는데 오지 않는 분들 때문에 제가 마음이 불편할 수도 있어서 꼭 보내야 할 몇몇 문파만 보내고 나머지는 모두 보내지 않기로 했던 것뿐입니다."

"꼭 보내야 할 문파는 어떻게 선정하신 겁니까?"

"제갈세가는 보냈습니다. 그럼 제 선정 기준이 무엇이었는지 아시리라 믿습니다."

제갈장우는 고개를 끄덕이더니 다시 물었다.

"대무신가를 마교로 확신하시고 대무신가 척결을 천의문을 세우는 명분으로 삼으셨는데 마교는 이미 수백 년 전에 사라진 그저 전설같이 떠도는 망령 같은 곳인데 왜 그런 기치를 내세우셨는지 물어봐도 되겠습니까?"

드디어 제갈장우의 진무성에 대한 확인이 시작되고 있었다.

진무성은 제갈장우의 말에 정색을 하며 답했다.

"제가 제거하려는 곳은 대무신가입니다. 그런데 조사를 하다 보니 대무신가가 마교라는 사실을 알게 된 것뿐입니다. 그러니까 정확히 말하자면 마교 제거가 기치가 아니라 대무신가 제거가 기치라고 봐야겠지요."

"그럼 대무신가와는 원한이 있으신 것입니까?"

"개인적인 원한이라고 하겠습니다."

여동생의 죽음 때문에 쫓고 있던 인신매매 조직과는 혈사련이나 암흑무림도 대무신가와 마찬가지로 연관이 있었다.

그렇다면 굳이 대무신가에게만 진무성이 유난히 적개심을 가진 이유는 오로지 설화영 때문임을 알 수 있었다.

그러나 그 이유를 제갈장우에게 말할 필요는 전혀없었다.

"진 문주님에 대해서 알려진 것이 너무 없습니다. 특히 무공에 대해서 의구심을 가진 분들이 너무 많습니다. 여기까지 오신 김에 그 의구심을 풀어 주실 의향은 없으십니까?"

"죄송합니다. 대협께서도 아시겠지만 오늘 전 맹주님의 초청을 받아 온 것입니다. 저와 맹주님 사이에 어떤 대화가 오갈지는 아직 모르겠지만 제게 의구심을 품었다는 분들을 제가 일일이 찾아가 만날 시간도 없을 것 같고 그럴 필요성도 전 느끼지 않습니다. 그래도 제게서 무엇을 알고 싶으시다면 천의문 총단으로 저를 찾아와 직접 물어보시라고 권하고 싶습니다."

정중하지만 단호한 거절에 제갈장우는 급히 포권을 하며 말했다.

"제가 주제 넘게 진 문주님께 불편한 말을 한 것 같습니다. 사과드리겠습니다."

"불편이라니요? 천부당만부당하신 말씀입니다. 제갈 대협께서는 하실 일을 하신 것이고 저는 제 생각을 말씀드린 것 뿐입니다. 누가 잘하고 잘못하고 판단할 수 있는 일은 아니라고 생각합니다."

진무성의 말에 제갈장우의 얼굴에 안도의 표정이 나타났다.

말 속에서 그 사람의 성품과 인격이 나타난다고 했다.

부드럽고 공손하지만 자신이 할 말은 확실하게 표현하면서 상대방까지 배려하는 모습은 절대 사파인이나 마도인이라면 보일 수 없는 것이기 때문이었다. 제갈장우는 진무성에게서 무림인이 아닌 군자의 모습을 보고 있었다.

그리고 알맞게 맹주전 앞에 그들은 도착해 있었다.

진무성은 맹주전 앞에 자신을 마중 나온 맹주단 원로들을 보자 눈이 살짝 커졌다.

그동안 정파의 고수들을 꽤 만났지만 이들처럼 강한 고수들을 한꺼번에 본 것은 처음이었다.

'이게 바로 정파의 저력이라는 것인가…… 그 무지막지한 암흑무림이나 잔인한 혈사련이 함부로 하지 못한 데에는 역시 이유가 있었어…….'

사실 진무성은 정파가 너무 무력하다는 생각을 한 적이 있었다.

단목환이나 백리령하 같은 정파인도 있었지만 사실 많은 정파인들이 너무 유유부단했고 정파라는 굴레에 갇혀 명분과 체면을 중시하면서 우유부단하기까지 한 것을 보며 사파와 마도가 왜 그렇게 정파의 눈치를 보는지 의아했었다.

물론 그와 혈맹을 맺은 문파에도 대단한 고수들은 많았다. 하지만 그들 정도로는 혈사련조차도 혼자서 상대하기에는 많이 역부족이었다.

그런데 맹주단의 원로들을 보자, 무림맹이 무림을 지켜

왔다는 말이 절대 허언이 아니라는 것을 느낄 수 있었다.

"천의문의 문주인 진무성이라고 합니다. 무림의 노선배님들을 이렇게 뵙게 되니 정말 영광입니다."

진무성은 포권을 하며 공손하게 인사를 했다. 공손한 인사가 처음 본 사람들에게 좋은 인상을 준다는 것은 어려서부터 그의 몸에 배어 있는 버릇 같은 것이었다.

덕분에 약간 긴장하고 있던 맹주단 원로들은 진무성의 태도에 안심이 된 듯 미소로 맞아 주기 시작했다.

"아미타불! 빈승은 무림맹 장로인 천애라고 합니다. 소문으로만 듣던 진 시주를 이렇게 직접 보게 되니 감개무량합니다."

소림사의 천애대사를 시작으로 원로들이 각자 소개를 시작하자 진무성은 일일이 포권을 하며 인사를 했다.

진무성의 예의 바른 태도 덕분인지 첫 시작은 아주 기분 좋은 만남이었다.

서로에 대한 인사가 끝나자 다시 천애대사가 조심스럽게 물었다.

"진 시주, 맹주님과의 대화가 끝나고 저희들과도 같이 얘기할 시간을 좀 내 주시겠습니까?"

"어르신들의 말씀이니 무조건 시간을 내는 것이 맞다는 것은 압니다. 하지만 맹주님과 어떤 얘기가 오갈지 제가 아직 모릅니다. 어르신들과 대화를 나눌 시간이야 얼마든지 만들 수 있지만 여건이 조성이 될지 모르겠습니다."

거절도 아니고 승낙도 아니었다. 하지만 모두는 그 의미를 아는지 고개를 끄덕였다.

"저희들과도 대화할 여건이 조성이 되기를 바라겠습니다. 아미타불!"

"이해해 주셔서 감사합니다."

"안으로 드시지요."

대화가 끝나자 제갈장우가 말했다.

다시 맹주단 원로들에게 공손히 인사를 한 진무성은 제갈장우의 뒤를 따라 맹주전 안으로 들어갔다.

"천애대사님, 어찌 보셨습니까?"

진무성이 사라지자 남궁지웅이 기다렸다는 듯이 물었다.

그는 관상에 조예가 깊은 천애대사를 기대에 찬 눈으로 보며 물었다.

남궁세가에서 진무성과 혈맹지약을 맺었다는 것은 그도 알고는 있었다. 남궁세가 최고의 원로인 남궁지황과 가주인 남궁백원이 결정한 일이니 겉으로는 아무 말도 하지 않았지만 그 역시 왜 그런 결정을 했는지 매우 의아해했었다.

당연히 그로서는 진무성에 대해 궁금증이 많았다.

모두가 그의 말을 기다리는 모습을 보며 천애대사는 고개를 살래살래 저으며 말했다.

"아미타불! 빈승이 수많은 사람들의 관상을 봐 왔지만 진 시주는 도대체 알 수가 없군요."

"알 수가 없다니 그게 무슨 말이십니까?"

좋다 나쁘다도 아니고 아예 알 수가 없다니…….

"빈승의 눈으로는 알아낼 수 없는 사람이라는 말이겠지요. 놀라운 것은 같이 있는 여시주도 아주 특별한 사람인 것 같았습니다."

"여인은 무공도 모르는 것 같던데요?"

화산파의 진현자가 설화영을 유심히 관찰한 듯 말했다.

"빈승이 보기에도 무공은 모르는 것 같았습니다. 하지만 분명 특별한 여시주임은 분명합니다."

"특별하다는 것이 무슨 의미입니까?"

"휴우~ 아미타불! 저도 그 특별한 것이 무엇인지 알았으면 좋겠습니다. 오늘 빈승의 재주가 얼마나 빈약한 것인지 확실히 알았습니다. 나무아미타불!"

천애대사는 이미 진무성과 설화영이 들어간 맹주전을

보며 조금은 자괴감이 섞인 목소리로 말했다.

* * *

 맹주의 집무실은 생각 외로 매우 단촐했다. 다만 집무실에서 회의를 자주 하는 듯, 커다란 탁자와 십여 개의 의자들이 놓여 있는 것이 특이했다.
 진무성은 안에 있는 인물들을 보자 즉각 누가 하후광적인지 알 수 있었다.
 지금까지 보았던 고수들과는 차원이 다른 엄청난 무공의 소유자라는 것을 느낄 수 있었기 때문이었다.
 십대고수라 불리는 열 명의 절대자들이 직접적으로 싸운 적은 없었다. 그럼에도 사람들은 하후광적이 천하제일 고수일 것이라 입을 모아 말했다.
 그만큼 그의 무공은 젊을 적부터 발군이었다.
 물론 만접마종이나 파천혈마는 인정하지 않았다.
 그런데 진무성을 놀라게 한 것은 같이 있는 노인이었다. 전에 무황도에 왔을 때 주루에서 만났던 노인이었기 때문이었다.
 그는 만패불패 역도수였다.
 "진무성입니다. 항상 뵙고 싶었던 맹주님을 드디어 만

나뵙게 되다니 정말 꿈 같습니다."

진무성이 포권을 하며 인사를 하자 하후광적은 만면에 미소를 띠며 말했다.

"오느라 고생했네."

이런 정식 만남을 가지기 위해서는 서로 간의 호칭 문제도 타결을 해야 했다. 하후광적은 문주와 맹주의 만남이니 서로 경칭을 쓰자고 했지만 진무성은 자신이 단목환과 친하다는 것을 강조하며 그냥 말을 놓아 달라고 했다.

"감사합니다."

하후광적에게 감사를 표한 진무성은 만패불패를 보며 포권을 했다.

"어르신을 한 번은 더 뵐 수 있을 것이라고 생각은 했지만 여기서 뵐 줄은 몰랐습니다."

"노부도 공자가 창룡 대협일 줄은 몰랐네. 그땐 너무 뛰어난 인재를 만났다 생각해서 무림맹에 끌어들이고 싶어서 총단으로 가자고 한 것인데 확실히 노부의 눈이 참 정확하다니까."

만패불패는 너스레를 한 번 떨고는 다시 말했다.

"진 문주가 총단에 가더라도 정식으로 초청을 받아서 당당히 들어가겠다고 했을 때, 사실일지도 모른다고 생각했었다네. 그런데 설마 맹주님의 초청을 받아서 들어올 줄은 생각도 못하지 않았겠나! 하하하~"

만패불패가 커다랗게 웃자 진무성은 겸연쩍은 표정으로 말을 받았다.

"그냥 치기 어린 호승심에 한 말일 뿐이었습니다."

"치기 어린 호승심이 아니라 그래야만 할 자격이 있다고 판단해서겠지. 그리고 진 문주는 그럴 자격이 충분히 있다고 보네."

만패불패의 호탕하면서도 가식없는 말은 진무성을 기분 좋게 해주고 있었다.

"어르신께서 저를 어여쁘게 보아 주신 것 같습니다."

"역 호법, 같이 오신 여협이 피곤할 텐데 우선 앉아서 얘기하시지요."

"아이쿠, 이 늙은이가 주책이지. 소저 미안하네. 진 문주 앉자고."

진무성은 만패불패가 대단한 고수라는 것은 이미 주루에서 감지하고 있었지만 그가 하후광적의 앞에서도 스스럼없이 행동하고 하후광적 역시 그를 매우 존중하는 것을 느끼자 자신의 견문이 짧아 알아보지 못할 뿐, 대단한 신분을 가진 사람일지도 모른다는 생각이 들었다.

"예."

셋이 앉자 하후광적은 제갈장우를 보며 말했다.

"제갈 군사도 앉게."

"예!"

"진 문주가 천의문의 군사를 대동하겠다고 해서 나도 제갈 군사를 합석시키기로 했네. 괜찮겠지?"

"물론입니다."

"이미 할 말은 생각하고 왔을 것 같으니 본론으로 들어가세나."

"경청하겠습니다."

"환이가 진 문주를 무척 잘 봤는지 매우 호의적으로 말하더군."

"단목 공자님께서 제게 많은 도움을 주셨습니다. 그리고 지금도 주시고 있습니다."

"그러나, 노부가 개인적으로 이해를 하는 것하고 무림맹주로서 이해하는 것에는 큰 차이가 있다네."

단목환에게 들어서 진무성이 군림맹을 창맹한 취지는 이해하지만 무림맹을 두고 따로 맹을 만든 것은 무림맹에 소속된 문파들에게 적절한 설명이 필요하다는 의미였다.

"알고 있습니다."

"대무신가가 마교라는 소문을 혹시 진 문주가 퍼뜨렸나?"

"소문이 아니라 사실입니다. 전 그들의 간세가 천하 곳곳에서 암약하고 있다는 심증을 가지고 있습니다. 그래서 무림인들에게 조심하라고 경고를 해 주어야 할 필요가 있다고 느꼈습니다."

돌려서 말했지만 자신이 소문을 냈다고 자인하는 것이나 마찬가지였다.

"그 바람에 무림에 큰 혼란이 벌어졌다는 것은 아는가?"

"대책 없이 있다가 등에 칼을 맞는 것보다는 어느 정도 혼란이 일어나는 것이 더 낫다고 판단했습니다."

"환이에게 나와 만남을 가진 후, 혈사련을 없애겠다고 했다던데 그런 제안을 한 이유를 말해줄 수 있겠나?"

"대무신가가 마교이기 때문에 상대하려고 한다면 그냥 무림맹에 들어와 같이 싸우면 되지, 왜 굳이 다른 연맹체를 만드느냐라는 것이 정파의 많은 분들이 우려하는 부분이라고 생각합니다."

"무림에는 마교의 침공 이후에도 커다란 환란이 여러 차례 있었네. 그때 정파가 단결을 했을 때는 위기를 벗어나거나 물리쳤지만 정파가 분열이 되어 있을 때는 많은 문파가 멸문을 당하는 커다란 피해를 입곤 했다네."

"무림맹이 만들어진 이유겠군요?"

"맞네. 그런데 정파가 단결을 했더니 또 다른 이점이

있다는 것을 알았다네. 바로 사파와 마도가 함부로 준동을 하지 못하게 견제하는 역할도 있다는 것이라네. 그래서 평화로운 시기에도 무림맹이 존속하게 된 것이지."

"제가 그래서 맹주님과 대화 후에 혈사련을 없애겠다고 한 것입니다. 혈사련을 없앤 후 저는 맹주님의 뜻을 받아서 행한 일이라고 할 것입니다. 그렇게 되면 정파에서도 군림맹이 분열을 위해서가 아니라 무림맹을 돕기 위해 만들어진 조직이라고 생각하게 될 것입니다."

"그럼 무림맹에 들어오지 왜 굳이 따로 맹을 만들었냐고 묻는다면 뭐라고 하겠나?"

"만약 제가 무림맹에 들어왔다면 혈사련을 없애는 것을 정파의 대표들이 동의해 줄까요? 자파의 제자들이 동원이 될 것이고 그렇게 되면 큰 피해가 예상이 되는데 결사 반대할 것입니다. 명분은 전쟁은 피해야 한다는 것이겠지요."

즉시 나오는 거침없는 대답을 들은 하후광적은 진무성이 이미 이 문제에 대해 많은 고민을 했음을 알 수 있었다.

그리고 그런 만큼 그에게로 점점 마음이 기울고 있었다.

## 10장

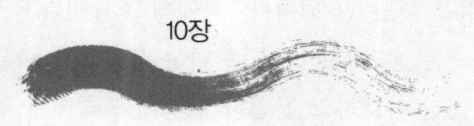

"진 문주는 정파를 믿지 않는 모양이구만?"

"믿습니다. 자파 이기주의라고 하지만 누구에게나 가족은 중요합니다. 그래서 전 사파나 마도처럼 자신의 수하나 제자들의 목숨을 소모품 취급하는 것보다는 제자들의 목숨을 어떻게든 살리고자 하는 정파가 좋습니다. 하지만 좋다는 것이 효율까지 더 낫다고 하는 것은 아닙니다."

"효율이라고 했나?"

"마교는 물론 사파나 마도와 싸움은 그들의 방식으로 대해 줘야만 승리가 가능합니다. 죽이지 않으면 죽는다는 필살(必殺)의 마음으로 싸워야 한다는 것입니다. 또한 죽일 때는 이자를 죽였을 때 어떤 일이 벌어질까와 같은 생각을 하면 안 됩니다. 적에게 조금이라도 반격의 기회를 주는 순간 우리가 당한다는 생각으로 죽일 기회가 오는 순간 단호하고 잔인하게 그대로 죽여야 합니다. 그런데 정파는 그것이 결여되어 있습니다. 전 그것을 전쟁의 효율이라고 말하고 있습니다."

"그런 생각 자체가 정파가 아니지 않은가? 지금 진 문주가 말한 것은 영락없는 사파들이나 마도들의 생각과 똑같다는 것을 아는가?"

"선후 관계는 확실하게 하겠습니다. 마도와 사파의 생각이 아니라 시작은 군인의 생각입니다. 전쟁에서 패했을 때에 일어날 처절한 상황을 생각해 보십시오. 가욕관에서는 지금도, 하루가 멀다 하고 전투가 벌어집니다. 군사들은 다른 생각을 할 겨를이 없는 겁니다. 적을 죽이지 않으면 자신이 죽으니까요. 전 군인들의 방식을 무림에 적용할 뿐입니다."

군인이라는 말에 제갈장우가 갑자기 생각이 난 듯 물었다.

"진 문주님께서 무황도에 방문은 하셨던 이유가 양가장의 양철웅 때문이라고 들었습니다. 맞습니까?"

"제가 모시던 상사의 조카분으로 저와는 여러 차례 술

도 마신 친분이 있는 분입니다."

"그렇다면 가욕관에서 군관 생활을 하셨다는 것이 사실입니까?"

"군관 생활은 짧았고 대부분은 군졸로 지냈습니다. 가욕관 오 년간 수십 번의 전투를 벌였지만 끝까지 살아남았다 해서 불사신이라고 불리기도 했습니다. 어떻게 살아남았는지 아십니까? 눈앞에 보이는 적을 무조건 죽였기 때문에 살아남았습니다."

하후광적과 만패불패는 진무성의 성격 형성에 영향을 준 것이 마도나 사파의 생각이 아니라 군에서 형성이 되었다는 것을 직감했다. 그는 무림인으로 최고의 명성을 얻었지만 여전히 군인 정신의 지배를 받고 있다는 의미이기도 했다.

"혈사련은 보통 세력과는 다르다네. 그들을 제거하려면 정말 많은 희생을 감수해야 하는데 눈앞에 대무신가라는 주적을 두고 엄청난 피해가 예상되는 전쟁을 벌인다는 것이 병법에 맞다고 생각하나?"

"한 마음 한 뜻으로 단결되지 않는 군대는 개개의 병사가 아무리 정예라 해도 오합지졸이 됩니다. 지금 같은 상황이라면, 무림맹에서 계속적으로 저를 음해하는 자들이 나타날 것입니다. 전 그들이 간세들일 것이라고 추측은 하지만 증거 없이 어찌할 수는 없다고 봅니다. 대신 누구도 제게 의문을 제기할 수 없는 공을 세우고 무림맹과는 한 몸과 같은 협력을 하는 사이라는 것이 알려지면 그런 자들의 목소리도 줄어들 수밖에 없습니다. 맹주님 또한 창룡에게 명을 내릴 수 있는 유일한 분으로 남게 됩니다."

단목환에게 들은 정보를 바탕으로 그의 마음에 쏙쏙 들 말만 거침없이 해 대는 진무성에게 하후광적의 마음은 완전히 넘어갈 수밖에 없었다.

거기에는 그의 말에 넘어갔다기보다는 오랜 맹주 생활을 하면서 무림맹에서 느꼈던 단점에 대해 너무 잘 알고 있다는 점도 작용할 수밖에 없었다.

"그럼 군림맹을 어쩔 생각인가?"

"정파인들의 심기를 거스르는 일들이 많이 일어날 것입니다. 맹주님께서 막아 주시기를 바랍니다."

"내가 막아 주지 않는다면 무슨 일이 벌어질 것이라고 생각하나?"

"둘 중에 하나입니다. 창룡이라는 정파의 중요 무기를 잃게 될 수도 있습니다. 저는 정체를 숨기고 무림을 떠나 버릴 생각도 하고 있으니까요. 또 하나는 제가 직접 정파의 간세들을 제거할 것입니다. 물론 빈약한 증거가 토대가 될 것이니 수많은 정파와 원한을 살 확률이 다분히 많겠지요. 그럼 저는 대무신가를 비롯한 사파와 마도 거기에 정파까지 적으로 두고 싸우게 될 수도 있습니다. 하지만 저를 믿는 정파도 꽤 있고 천의문의 전력도 상당히 강해졌기 때문에 저를 적대시하는 정파에게는 최악의 상황이 될 수도 있겠지요."

포기와 협박.

포기는 나 없이 마교와 잘 싸워 볼 수 있겠느냐는 의미였지만 협박은 정파까지도 자신을 배척하면 적으로 삼겠다는 선전포고나 다름이 아니었다.

[맹주님, 노부는 저 청년을 믿고 싶습니다.]

만패불패가 하후광적에게 전음을 보냈다. 하후광적을 이 자리에 그를 부른 이유였다. 다른 사람들은 하후광적의 심기를 살펴 의견을 제시하지만 그만은 자신이 느낀 그대로를 말하기 때문이었다.

[나도 믿고는 싶습니다. 하지만 제 믿음이 잘못됐을 경우 수십만의 정파 무림인들은 헤어나기 힘든 피해를 입을 수도 있습니다.]

여전히 진무성에게 따라붙는, 그의 무공의 출처가 문제였다.

몇 년전까지 가욕관에서 군졸로 있던 자가 갑자기 천

하제일 고수 소리를 들을 정도로 도저히 이해하기 힘든 무공의 성취부터 그의 무공이 정파의 무공답지 않게 너무 살상 위주로 이루어져 있다는 무공의 근원에 대한 의심까지 무림맹주로서는 신중에 신중을 기할 수밖에 없는 사안들이었다.

하지만 진무성은 자신이 가욕관 출신의 군졸이었다는 것까지는 인정했지만 그 이외는 전혀 말해 줄 생각이 없는 것 같았다.

그러나 사실 진무성으로서도 말을 할 수 없었다.

그렇지 않아도 의심을 하는 사람들이 많은데 자신의 무공의 원천이 마교의 무공이라는 것을 어찌 말하겠는가……

그것도 엄청난 사람을 죽이고 심지어 마교 자체까지 풍비박산을 만든 천극혈성마공을 말이다.

천극혈성마공을 익힌 자는 천마의 양대 사자 중 한 명인 좌사자였다. 그가 마교에 그런 행패를 부릴 수 있었던 이유는 천마가 이미 죽었기 때문이었다.

하지만 그 역시 결국 부작용으로 죽었다고 알려졌었다.

그런 무공이 자신의 기본 무공이라는 얘기를 누구에게 할 수 있겠는가…….

하후광적은 진무성을 지그시 주시하더니 다시 물었다.

"진 문주, 군림맹의 구성원이 정파에게는 아주 중요한

문파들이라는 것은 아는가?"

"정파에게는 매우 상징적인 의미가 있다는 말은 들었습니다."

"만약 진 문주가 잘못하면 무림은 정신적인 지주를 둘이나 잃게 되는 상황이 올 수 있네. 그것은 정파의 사기를 완전히 무너뜨릴 걸세."

"그럴 일은 없을 것입니다. 분명 말씀드리지만 저의 행동에 대해 여러 가지 안 좋은 말이 떠돌 것입니다. 또한 싫어하는 분들도 있을 겁니다. 하지만 분명한 것은 제가 대무신가를 없애고 사파와 마교의 세력을 최대한 축소시켜 양민들이 편하게 생활할 수 있는 초석을 마련하겠다는 저의 결심만은 변하지 않을 것입니다."

하후광적은 제갈장우를 보며 말했다.

"군사는 할 말이 없나?"

제갈장우는 잠시 설화영을 보더니 조심스럽게 입을 열었다.

"천의문의 군사님이라고 들었습니다."

"설화영이라고 합니다."

"처음으로 목소리를 듣는 것 같습니다. 같은 군사로서 혈사련을 없앤다면 어떤 방법을 취하실 계획인지 말씀해 주시겠습니까?"

"혈사련은 지금 문주님께서 공격할지도 모른다는 정보를 듣고 매우 고심하고 있을 겁니다. 어쩌면 이미 비상도 걸고 밖에 외유 중인 정예 무력대들도 소환하고 있을 것입니다."

"혈사련에서 천의문이 자신들을 공격한다는 것을 이미 알고 있다는 말입니까?

"암흑무림과 천존마성에 문주님께서 살짝 운이 떼셨으니 당연히 알게 될 것입니다."

제갈장우는 이해가 안 간다는 듯 고개를 갸웃하며 반문했다.

"적의 전력을 축소하여 공격을 하는 것이 가장 좋은 병법이라고 했습니다. 그런데 오히려 적에게 전력을 집중하여 공격에 대비할 준비를 하게 한다는 것은 이해가 안 가는군요?"

"문주님께서는 한 번의 공격으로 혈사련을 완전히 없애실 계획이십니다. 그리고 그 한 번의 공격으로 사파들의 준동을 완벽하게 제어하실 것이고요. 그러기 위해서는 혈사련의 잔당들이 총단이 망한 후, 새롭게 문파를 세우는 것을 원천봉쇄하시고 싶어 하십니다."

거대 사파나 마도가 멸문하면 무림에 작은 사파나 마도들이 우후죽순처럼 세워진다는 것은 예견된 수순이라고 할 수 있었다.

그들을 지배하던 간부들이 사라지면서 각자도생을 하기 위해 그들만의 문파를 만드는 것이었다. 문제는 그들이 서로 세력 다툼을 벌이면서 무림에 끊임없는 전투가 벌어진다는 것이었다.

그들끼리 싸우는 것이니 정파는 느긋하게 그들의 싸움을 보기만 했다. 괜히 끼어들어 구설수에 오르고 심지어 싸움의 여파에 끌려 들어가 피해를 입는 일이 비일비재하기 때문이었다.

혈사련은 엄청 큰 사파 연합체였다. 중원에 그들이 만든 지련도 많았고 만약을 위해 구축해 둔 교두보도 꽤 있었다.

그들이 모두 각자 세력화를 한다면 죽어 나가는 것은 양민들뿐이었다.

새로 생긴 문파인 이상 돈은 끝없이 들어갈 것이고 그들이 돈을 끌어들일 수 있는 방법은 양민들의 등을 치는 것뿐이기 때문이었다.

"혈사련의 모든 세력이 모인다면 공격의 실패율도 커지고 피해도 만만치 않을 것입니다."

"문주님께서 그러시더군요. 죽음을 두려워하면 무림을 떠나라. 어차피 무림인들은 싸우다 죽기 위해 모인 집단 아니던가요? 문주님은 무림인들끼리 싸우다 죽는 것이 그들이 사방으로 흩어져 세력을 독자화하여 무공도 모르고 죄도 없는 양민들이 괴롭힘을 받는 것보다는 낫다고 판단하신 것입니다."

"그렇다면 공격이 실패했을 경우에는 어쩌실 생각이시오?"

"성공하면 맹주님의 명 때문이지만 실패하면 문주님의 잘못이라고 공표할 겁니다. 하지만 저희는 실패한다는 것은 계획에 없습니다. 혈사련은 사라집니다."

"무림인간의 전쟁에서 절대는 없습니다. 천의문이 반드시 이길 거라는 자신감의 이유도 알 수 있겠습니까?"

설화영은 잠시 생각하더니 천천히 입을 열었다.

"천의문의 군사로서 이번 싸움은 반드시 이길 것이라는 말씀만 드리겠습니다."

역시 어떤 계획에 대한 말은 없이 이긴다고만 하는 설화영의 설명은 군사로서의 자질이 의심될 정도의 대답이었다. 그러자 진무성이 부언했다.

"전 군사님께서 잘못 판단한 경우를 본 적이 없습니다. 그래서 이번 혈사련과의 전쟁은 반드시 이긴다고 확신할 수 있습니다."

창룡이 누구인가…….

이미 지금까지 보인 사건들만 해도 인간으로서는 불가능하다 할 정도의 일을 해낸 장본이었다.

근거는 제시하지 못했지만 자신감만은 가득 찬 그들의 말에 신중하기로 유명한 하후광적과 제갈장우까지 홀린 듯 넘어가고 있었다.

"무림맹에서 도와줄 일이 있겠습니까?"

"공식적인 도움은 필요 없습니다. 자신감은 자신감이고, 만약의 사태에도 대비는 해야 하니까요. 무림맹이 공식적으로 합류를 했다가 실패한다면 그 책임을 맹주님께서 지실 수도 있습니다. 하지만 비공식적인 도움은 즉 개인적으로 이번 전쟁을 돕는 것을 맹주단에서 눈 감아 주신다면 승리 확률은 구 할에서 십 할로 높아지는 효과는 생기지 않을까요?"

도움은 필요 없다. 하지만 도와주면 받아주겠다.

나쁘게 말하면 책임 회피였지만 그들을 위한 배려로 들리고 있었으니, 똑같은 말도 누가 말했느냐의 따라 그 신뢰도가 크게 달라진다는 것을 여실히 보여 주는 화술이었다.

이제 선택은 하후광적에게 넘어갔다.

그가 어떤 선택을 하느냐에 따라 향후 무림의 나아갈 바가 결정될 것이었다.

그리고 천천히 하후광적의 입이 열리기 시작했다.

"좋네. 진 문주의 요구를 다 들어 주지. 무림맹은 공식적으로 군림맹의 창맹을 진심으로 축하할 것이며 천의문은 무림맹 소속은 아니지만 소속 문파에 준하는 자격을 주겠네. 당연히 무림맹의 정보도 공유받을 수 있고 총단의 출입증도 교부해 줄 것이네."

하후광적은 진무성의 요구를 다 들어주기는 했지만 군림맹이 무림맹 협조세력이라는 것을 확실히 못박았다.

그러나 규범에 구속되지 않은 이상 진무성에게는 소기의 성과를 달성한 것이나 마찬가지였다.

그는 자리에서 일어나 허리까지 숙이며 포권을 했다.

"맹주님께서 그렇게까지 저를 대우해 주시니 뭐라 감사의 말씀을 드려야 할지 모르겠습니다."

"모든 일에는 오는 것이 있으면 가는 것이 있는 법이라네."

"당연합니다. 말씀하십시오."

"우선 무림맹 소속의 정파와는 어떤 이유건 시비를 붙지 말게 만약 도저히 묵과할 수 없는 일이 생길 경우 직접 처리하지 않고 무림맹에 연락해 우리의 결정을 따라준다고 약속해 주게."

"한 가지 예외만 인정을 해 주시면 따르겠습니다."

"예외? 말해 보게."

"정파의 구역에는 다른 문파가 세력을 이끌고 들어갈 수 없다는 불문율이 있다고 들었습니다. 그러나 대무신가의 세력은 한 지역에 국한되어 있는 것이 아니라 천하 전체에 퍼져 있는 것 같습니다. 그들을 추격하기 위해서는 세력을 이끌고 다른 문파의 구역에 들어가는 일이 꽤 많을 것 같습니다."

"막지 말아 달라는 말인가?"

"맹주님의 요구를 따른다면 그들이 우리를 막았을 때 제가 할 수 있는 것이 없습니다. 추격은 시간을 요하는 일입니다. 누군가에게 막혀 시간을 끌게 된다면 추격은 더 이상 이어지기 어렵습니다."

"세력권에 들어가기 전에 그 문파에 연락해 양해를 구하는 방법이 있지 않겠나?"

"물론 가능합니다. 하지만 그러기 위해서는 그 문파와 정보를 공유해야 하는데 그 문파에 대무신가의 간세가 있다면 그들에게 우리가 추격하고 있다는 것을 그대로 알려 주는 일이 되겠지요. 어쩌면 정보를 바탕으로 우리가 오히려 함정에 빠질 수도 있습니다."

"정말 그렇게 걱정할 정도로 대무신가의 간세들이 정파에 만연해 있다고 믿는 것이냐?"

"제가 만나 본 그들의 힘은 상상을 불허할 정도였습니다. 그런데 왜 그들이 지금까지 가만히 있었을까를 생각해 보니 이유가 몇 가지 드러나더군요."

"어떤 이유라고 생각하나?"

"예전 마교의 역사를 들어 보면 마교가 무림을 정복하고도 끊임없는 무림인들의 저항으로 결국은 힘이 소진이 되어 십 년을 더 버티지 못하고 새외로 쫓겨나가고 말았다고 하더군요. 그때의 경험을 바탕으로 이번에는 한 번에 무림을 완전히 멸망시켜 소소한 저항조차도 할 수 없는 상황을 만들려고 한 것은 아닌가 싶었습니다. 그러기 위해서는 각 문파에 간세를 잠입시키는 것은 필수적이라고 봅니다."

"그럴듯한 가설이기는 하지만 정파가 그렇게 호락호락한 곳이 아니라네. 정파의 모든 결정과 정보는 최고 간부 회의에서만 공유되고 이루어지네. 간세가 있다 해도 최고 간부에 들어가지 못한다면 큰 영향력을 발휘할 수는 없다네. 그리고 최고 간부가 되기 위해서는 어려서 문파의 제자로 들어가 수십 년을 봉사해야 하고 수많은 공을 세워야만 하네."

"그 말은 수십 년을 간세로 지냈다면 가능하다는 말이군요?"

"진 문주 말은 그들이 간세를 어릴 때부터 들였다는 말인가?"

"모든 가능성을 열어 두어야 한다고 봅니다."

"진 문주의 말대로라면 무림맹의 장로 회의에도 그들의 간세가 있을 수 있다는 말이 아닌가?"

"있을 수 있다가 아니라 분명히 있습니다. 그래서 제 요구를 받아 주셔야 합니다."

정파의 구역을 세력을 끌고 들어갈 수 있게 한다는 것은 정파의 격렬한 반대를 받을 것이 분명했다.

전혀 싸울 준비가 안 되어 있을 때 다짜고짜 들어와서 공격을 한다면 제대로 된 저항 한 번 못하고 문파가 망할 수도 있기 때문이었다.

그래서 같은 정파라 해도 반드시 지키는 규범을 진무성은 예외로 해 달라고 하고 있는 것이었다.

물론 무림맹은 가능했다.

하지만 그것이 가능한 이유는 무력대가 여러 문파가 모인 연합체이기 때문이었다. 그들에게 같은 정파를 공격하라고 할 경우 각 파의 다른 성격상 명령이 제대로 통할 리 만무했기 때문이었다.

"진 문주는 그것이 얼마나 어려운 요구 조건인지는 알고 있는가? 노부가 비록 맹주라 해도 그런 중요 사안은 맹주단과 의논을 해야 하고 장로 회의에도 회부해야 한다네. 중요한 것은 그것이 가결될 가능성이 전혀 없다는 것이지."

"제가 무림맹에 들어가지 않는 또 하나의 이유가 나오는군요. 그래서 지금 당장은 바라지 않겠습니다. 혈사련을 없앤 다음에 공론화시켜 주십시오. 그때는 저도 장로 회의에 가서 직접 필요성을 말씀드리겠습니다."

진무성의 말이 끝나자 제갈장우가 조심스럽게 물었다.

"혹시, 그렇게 했는데도 정파에서 거절을 하면 어떻게 하실 생각이십니까?"

온화하고 서로 간의 합의에 대해 중요시하는 것 같지만 결정적일 때는 자신의 주장을 확실하게 표방하면서 실리로도 조금의 양보도 하지 않는 진무성의 모습에 제갈장우는 만약 무림맹과 의견이 달라졌을 경우 그가 어떤 행동을 취할지 불안한 마음이 들었다.

"만약 그런 상황이 된다면 최대한 설득을 시켜야 하지 않을까 생각은 합니다만 아직 닥치지 않은 일을 먼저 걱정할 필요가 있겠습니까?"

잠시 침묵이 흘렀다.

서로 간에 각자 다른 생각과 추측이 머리를 스치고 있었다. 그리고 그 침묵은 하후광적이 깼다.

"진 문주는 여전히 자신에 대해 제대로 말해 주지 않고 있네. 노부가 자네를 꼭 믿어야 할 이유를 한 가지만이라도 댈 수 있겠나?"

"이유가 될지는 모르겠습니다만 현 정파에 저를 대신할 사람이 없다고 생각합니다."

"진 문주의 무공이 강하다는 것 때문인가?"

"전 제가 강하다는 것은 압니다. 그러나 세상을 바꿀 정도의 힘은 없다고 생각합니다. 제가 저를 대신할 사람이 없다고 한 것은 대무신가 놈들을 마교의 방식대로 제거할 수 있는 사람이 저밖에는 없을 것이라는 뜻입니다. 그리고 저처럼 대무신가를 반드시 없애야 할 이유가 있는 사람도 찾기 힘들 것입니다. 그렇다면 저를 놓치지 않기 위해서라도 맹주님께서 저를 믿어 주셔야 한다고 봅니다."

"마교의 방식대로 제거한다는 것이 무슨 뜻인가?"

"절대 후환이 남지 않도록 야수의 마음으로 완벽하게 제거한다는 의미입니다."

야수의 마음…….

하후광적의 성격상 절대 용납이 안 될 단어였지만 진무성의 말대로 대무신가와의 전쟁을 하기 위해서는 누구라도 정파에서도 한 명은 가지고 있어야 할 성정이었다.

"언제 혈사련을 칠 생각인가?"

"그건 맹주님께서도 모르시는 것이 좋을 것 같습니다."

"허허! 노부도 못 믿겠다는 말이군?"

"맹주님까지 못 믿으면 전쟁에서 이길 생각은 아예 포기해야지요. 단목 공자님께서 그러시더군요. 맹주님은 거짓을 매우 싫어하신다고요. 못 믿는 것이 아니라 모르시고 계신 것이 맹의 어르신들과 대화를 하기가 편하실 것 같아서 드리는 말입니다."

알면서 말하지 않는 것은 무림맹주가 거짓을 말했다는 구설수에 오를 수도 있었지만 아예 모른다면 그런 구설수에서 완벽하게 벗어날 수 있다는 좋음 점이 있었다.

"언제 떠날 생각인가?"

"오래는 있기 힘듭니다. 오는 동안에 꼭 들려야 할 곳이 생겼거든요. 내일 아침 일찍 떠나야 할 것 같습니다."

"알겠네. 그 전에 내가 내릴 교지에 대한 초문을 보내주겠네. 읽어 보고 수정하고 싶은 곳이 있으면 말하게."

"그렇게 하겠습니다. 그리고 맹주단 어르신들을 맹주전 입구에서 만났습니다. 제게 대화할 것이 있으신 것 같았습니다. 그분들을 만나 대화를 좀 나누고 싶은데 가능하겠습니까?"

"있는 동안 모든 편의는 봐줄 것이니 원하는 사람들은

다 만나 봐도 되네."

"어르신들을 뵙기 전에 젊은 분들과 한 번 인사라도 하고 싶은데 어디를 가는 것이 가장 좋을까요?"

젊은 무사들을 먼저 보겠다는 진무성의 말에 하후광적의 눈에 이채가 나타났다.

무림 조직의 위계질서는 엄중하다 못해 경이로울 정도로 상하 관계과 확실해서 단목환처럼 나이와 달리 배분이 높거나 지위가 있지 않은 이상 젊은 무사들의 발언권은 거의 없다시피 했다.

그래서 무언가를 얻기 위해서는 무조건 지위가 높거나 나이가 많은 사람을 만나야 했다.

진무성으로서는 원로들이 이미 만나자고 먼저 말했으니 당연히 그들을 먼저 찾아가야 했는데 젊은 무인들에게 먼저 인사를 하고 싶다니…….

"마침 점심을 먹을 시간이라 식당에 젊은 무인들이 많이 모여 있을 겁니다."

제갈장우의 말에 진무성은 잘됐다는 듯이 답했다.

"어째 저도 좀 출출하더니 벌써 점심시간이었군요? 그럼 저도 그곳에서 한 끼 해결을 하고 싶은데 되겠습니까?"

"수백 명이 한꺼번에 먹는 곳이라 복잡도 하고 음식도

좀 열악한 편인데 괜찮겠습니까?"

"밥 한 덩어리에 소금만 찍어서 한 달 내내 먹은 적도 있습니다. 그보다 나으면 제게는 모두 진수성찬입니다."

"제갈 군사, 모시고 가게."

"예!"

젠무성과 설화영이 포권을 하고 나가자 하후광적은 고심 가득한 표정으로 만패불패를 보며 물었다.

"선배님 생각은 어떠십니까?"

"전 맹주님께서 걱정하시는 것이 무엇인지부터 알고 싶습니다."

"진 문주가 궁극적으로 원하는 것이 무엇인지를 알 수가 없다는 점입니다."

"원하는 것이 있다고 생각하십니까?"

"인간은 누구나 원하는 것이 있습니다. 원하는 것이 없이 그냥 도움을 주기 위한 행동으로 보기에는 대무신가를 제거하겠다는 의지가 너무 강합니다."

"개인적인 원한이 있다고 하지 않았습니까?"

"선배님 생각에 개인적인 원한만으로 저렇게 거대한 계획을 세울 수 있겠습니까? 지금 진 문주의 계획대로 상황이 흘러간다면 무림에 커다란 변동이 일어나는 것은 피하기 힘듭니다."

"변동 정도가 아니라 천재지변에 준하는 경천동지의 변화가 일어날 수도 있겠지요. 그런데 저는 이런 생각을 했습니다. 그동안 무림은 현 상황의 고착 속에 안주해 왔습니다. 그러다 보니 혈사련이 세력을 확대하려고 한다는 것을 알면서도 해결책을 세우기보다는 어떻게든 현상을 유지하기 위한 의견만 중구난방적(衆口難防)적으로 나올 뿐이었습니다. 진 문주에게 젊은 무인들이 열광하는 이유를 한 번 생각해 보십시오."

무공을 배우고 처음 강호행을 시작한 후기지수들은 처음에는 협의를 세우는 협객이 되겠다는 포부를 가지고 나온다.

그리고 그들은 곧 세상의 부조리를 맞닥뜨리면서 처음에는 거기에 맞싸우려고 했다.

혈기방장한 후기지수들은 목숨 따위는 초개 같이 버릴 각오를 가지고 있었다. 하지만 곧 그들은 벽에 부딪친다.

적이 강해서가 아니라 문파의 어른들의 만류 때문이었다. 문파의 어른들은 전쟁을 두려워했다. 그래서 언제나 엄중하게 주시하고 있으니 선을 넘지 말라고 경고를 했지만 그뿐이었다.

그러다 보니 젊은 무인들의 불만이 팽배해 있었다. 불의를 보면 그들을 징치하라고 배웠건만 막상 활동을 시작하면 그것을 막아 버리는 어른들의 행동은 너무 모순적이라고 할 수 있었지만 그것을 타파할 수는 없었다.

명을 따르지 않을 경우 정파인으로서는 사망 선고나 마찬가지인 파문이 따르기 때문이었다. 심지어 무공까지 폐하고 쫓아내는 경우도 있었다.

그런데 창룡이 나타나더니 악인들을 무차별적으로 제거해 나갔다. 그들로서는 대리만족과 함께 희열을 느낄 수밖에 없었다. 그리고 그 마음은 진무성에 대한 열렬한 동경으로 바뀌고 만 것이다.

"제가 걱정하는 것 중의 하나가 바로 젊은 무인들에게 그가 너무 열광적인 지지를 받고 있다는 것입니다. 심지어 환이까지 그에게 완전히 반한 것 같더군요."

"그럼, 정파인들이 지금까지 지켜 온 규범을 깨는 그의 획기적인 행동이 걱정이군요?"

"그럼에도 그의 말이나 행동이 상대로 하여금 귀를 기울이게 하는 설득력이 있다는 것이 두려울 정도입니다. 게다가 입으로만 떠드는 것이 아니라 자신이 직접 전방에 서서 싸우겠다고 하니 누가 있어 그를 반대하겠습니까?"

"장강의 물결은 언제나 앞의 물결을 밀어내면 흘러간다고 하지 않습니까? 이제 저희의 시대가 천천히 저물고 있다는 것을 인정하시는 것이 어떻겠습니까?"

"천천히 저물고 있는 것이 아니라 이미 밀려 버린 것 같습니다. 이제 진 문주가 무너지면 정파가 무너지는 상황이 되고 있는 것 같습니다."

하후광적은 진무성의 질주를 자신으로서는 막을 수 없다는 것을 오늘의 대화로 절감한 것 같았다.

"젊은 무인들을 만나러 갔으니 어떤 일이 벌어지는지 한 번 두고 보도록 하지요."

만패불패는 진무성과 젊은 무인들과의 만남이 무림맹에 어떤 바람을 불어올지 기대가 된다는 듯 말했다.

# 11장

 제갈장우의 안내를 받으며 식당으로 진무성이 들어섰지만 안의 분위기는 크게 달라지지 않았다.
 무림맹의 군사면 최고위급 간부에 속하기 때문에 그의 등장만으로도 식당 전체가 경직이 되어야 했다.
 하나, 원체 많은 수의 무인들이 동시에 배식을 받고 식사를 해서인지 같은 문파 출신이거나 무력대 같이 같은 부서에 근무하지 않는다면 서로 간에 모르는 사람이 상당히 많았기 때문이었다.
 "제갈 대협께서 매우 소탈하신 모양입니다."
 진무성의 말에 제갈장우는 미소를 지으며 답했다.
 "한 조직의 군사란 모든 정보를 다 파악하고 있는 경우가 대부분이지요. 그래서 군사는 되도록 사람들에게 얼굴을 알리지 않습니다. 적의 암살이나 납치의 목표가 될 수 있으니까요."

"제갈 대협께 중요한 것을 배운 것 같습니다. 저도 저희 군사를 최대한 숨겨야 할 것 같군요."

"전 진 문주님께서 더 이상해 보입니다."

"제가요?"

"오늘 포구에서 진 문주님을 본 제자들이 상당히 많았습니다. 그들 중 아무리 못해도 오십 명 이상은 이곳에 있을 텐데 진 문주님을 알아보는 맹도들이 없다는 것이 저를 더욱 놀라게 한다는 의미입니다."

순간 그의 말이 끝나자마자 기다렸다는 듯이 한 무사의 외침이 식당을 흔들었다.

"차, 차, 창룡 대협이시다!"

무황도 포구에서 진무성을 본 무사인 듯했다. 사실 진무성을 계속 흘깃거리는 무인들은 꽤 있었다. 그러나 진무성의 무면술 때문에 확신을 못하고 머뭇거리고 있었다.

"맞다! 창룡 대협이시다!"

갑자기 사방에서 진무성을 알아본 사람들이 속출했다.

진무성이 제갈장우의 말을 듣고는 무면술을 풀자 벌어진 일이었다.

어찌 됐든, 외침이 식당에 퍼지자 분위기가 완전히 달라졌다. 이미 식사 중인 맹도들은 급히 일어섰고 물론 배식을 받기 위해 줄을 서 있던 맹도들도 모두 몸을 돌려 진무성을 바라보는 자세로 바꿨다.

그리고 마치 약속이라도 한 듯 모두 진무성을 향해 포권을 했다.

"창룡 대협께서 이곳까지 오시다니 환영합니다!"

누군가 다시 소리치자 곧 함성이 터져 나왔다.

"창룡 대협께서 무림맹에 오신 것을 저희는 모두 환영합니다."

"환영합니다!"

제갈장우의 표정이 살짝 일그러졌다.

무림맹의 식당 규율은 매우 엄격했다. 잡담을 하는 것도 용납이 되지 않았고 식사를 끝내지 않고 일어나는 것도 금지였다.

당연히 식당 안에 다른 사람의 식사를 방해할 정도로 큰 소리를 내는 것 역시 절대 금지 사항이었다. 그리고 어겼을 시 받는 벌이 상당히 엄했기에 그 지시를 어긴 사람은 거의 없었다.

그런데 식당 안의 모든 무사들이 규율을 어기고 있었다. 심지어 그들은 자신들이 규율을 어기고 있다는 것조차 자각하지 못하고 있는 듯했다.

 진무성의 등장에 모두가 얼마나 흥분을 했는지를 보여 주는 장면이었다.

 '정파의 젊은 무인들에게 진 문주의 인기가 이 정도였단 말인가…….'

 제갈장우는 매우 놀랐지만 진무성이 옆에 있는 이상 나설 수는 없었다.

 더욱 그를 난감하게 한 것은 그것을 막아야 할 교관들조차 같이 열광을 하고 있다는 점이었다.

 "천의문의 문주인 진무성입니다. 제 나이가 여러분과 같은 연배입니다. 대협이니, 뭐니 어려운 칭호는 하지 말아 주십시오."

 진무성은 모두를 보며 여러 차례 포권을 하며 인사를 했다.

 "진 문주님! 식사는 하셨습니까?"

 누군가의 외침에 모두는 진무성을 쳐다보았다. 그가 어떤 대답을 할지 궁금하다는 표정이었다.

 진무성을 대하 듯 이렇게 열광적인 반응을 보이는 경우는 거의 없었지만, 무림맹 고위직이거나 정파의 간부들이 식당을 방문하는 경우는 꽤 있었다.

 하나, 그들은 간단히 시찰 정도만 하고 그냥 돌아가기

일쑤였다.

"안 그래도, 제가 아직 식사를 하지 못했습니다. 그래서 줄을 설까 고민 중이었습니다."

그의 말이 끝나자마자 갑자기 사람들이 좌우로 물러서기 시작했다. 순식간에 배식구까지 길이 열렸다.

"이게 뭡니까?"

"창룡 대협께서 식사를 하신다는데 어찌 줄을 서게 하겠습니까? 먼저 드시라고 길을 열어드린 것입니다."

"제가 원한 것은 이런 것이 아닙니다. 저와 여러분들은 모두 무림을 책임질 후기지수들로 오늘 여러분과 친분을 쌓기 위해 온 것이지 특별 대우를 받기 위해 온 것이 아닙니다. 저도 정상적으로 줄을 서서 배식을 받겠습니다."

진무성의 말은 젊은 무사들에게 또 한 번의 감동을 주었다.

조금만 명성이 크거나 지위가 높으면 알게 모르게 특별 대우를 받으려고 하는 것은 정파라고 다를 것이 없었다.

겸손한 척하면서도 은근히 대접을 받고 싶어하는 심리를 욕할 수도 없었다. 인간의 타고난 본성이었기 때문이었다.

진무성의 강점은 바로 여기서 드러나고 있었다. 그도 다른 사람들처럼 겸손한 척 위선을 떠는 것일 수도 있었다. 그럼에도 신기하게 사람들은 그는 진정성을 지니고 있다고 믿게 만드는 힘이 그에게 있었다.

물론 그것이 오로지 그의 타고난 매력만은 아니라는 것을 누구도 알지 못했다.

진무성의 등장은 식당 안의 젊은 무사들에게 대단한 반향을 불러일으켰다. 특히 진무성이 스스럼없이 대해 주니 그들 역시 궁금했던 것을 묻기 시작했다.

분명한 것은 원로들이나 간부들이 궁금해하는 군림맹을 세운 이유나 향후 계획 등 정치적인 문제가 아니라 대무신가와 혈사련 등과 싸웠을 때 상황이나 그에게 죽은 유명한 마두들의 무공에 대한 대해 묻는 등 무용담에 대한 질문이 많았다.

흠을 잡히지 않기 위해 말 한마디 한마디를 조심해야 하는 어른들과의 대화와는 달리 젊은 무인들과의 대화는 진무성을 매우 즐겁게 했고 그 마음은 그들에게도 전달이 되어 진무성에 대해 갖고 있던 여러 안 좋았던 선입견을 대부분 소거해 버리는 긍정적인 상황이 만들어지고 있었다.

그때, 한 청년이 눈을 반짝이며 물었다.

"창룡 대협님과 꼭 한 번 해 보고 싶은 것이 있는데 부탁을 드려도 되겠습니까?"

그 청년은 상당히 어려 보였다. 하지만 눈이 초롱초롱한 것이 대단한 무재를 지니고 있음을 한눈에 알아볼 수 있었다.

"제게요? 뭘까요? 갑자기 불안해지는군요."

청년은 주위의 눈치를 살피며 머뭇거렸다.

"말씀해 보십시오. 제가 해 줄 수 있는 일이라면 해 드리고 싶습니다."

"저, 저와 창룡 대협의 창술로 삼 초만 비무를 하고 싶습니다."

그가 지금 얼마나 무리한 부탁을 한 것인지는 그곳에 모여 있는 수백 명의 무인들의 표정이 일거에 굳어진 것만으로도 알 수 있었다.

진무성은 청년의 얼굴을 주시했다. 그리고 그의 눈에서 간절함을 보자 고개를 끄덕였다.

"딱 삼 초입니다. 이렇게 말씀하는 것도 힘들었을 거 같군요. 그리고 또 다른 분은 비무는 더 이상 받아 주지 않겠습니다."

거절해도 아무 상관이 없었다. 그럼에도 흔쾌히 받아 주는 진무성의 대범함은 모두의 마음에 더 큰 존경심을 주기에 충분했다.

진무성은 청년을 보며 말했다.

"비무란 서로가 죽이지 않을 것을 전제로 자신의 실력을 마음껏 발휘할 수 있는 장점이 있습니다. 하지만 실제로 강호에 나가면 적은 수단과 방법을 가리지 않고 상대를 죽이려 합니다. 죽지 않는다는 전제는 더 이상 통용이 되지 않는다는 말이지요. 그렇다면 방어에 신경을 쓸 수밖에 없습니다."

모두는 진무성의 말에 귀를 쫑끗하고 경청했다.

교관들도 들려주었을 법한 얘기였지만 왜 진무성이 말하자 다르게 들리는 것일까…….

진무성은 계속 말을 이어 갔다.

"방어에 신경을 쓰게 되면 본래 자신의 공격 수단의 삼 할을 발휘하지 못하게 됩니다. 상대할 만하다고 느낀다면 그보다 삼 할은 더 약한 상대를 골라야 살아남을 수 있는 확률이 높아진다는 것이지요."

진무성은 청년을 보며 물었다.

"손의 굳은살을 보아하니 검을 주로 쓰는군요."

"맞습니다, 검입니다."

답하는 청년의 얼굴엔 감탄이 드러났다. 무례한 부탁을 한 자신을 세심하게 살피는 것이 느껴졌기 때문이다.

그렇게 무기를 확인한 진무성은 그의 문파에 대해 묻지를 않았다. 사실 그것은 매우 특이한 일이었다. 비무를 허락하는 순간 상대의 문파를 묻는 것은 당연한 수순이었기 때문이었다.

"일 초는 제가 무방비 상태로 있을 때 소협께서 저를 기습하는 상황으로 상정해 보겠습니다. 제 주위를 돌며 기회가 생겼다 생각한 순간 저를 공격해 보십시오."

"제, 제가 어찌 대협을 기습하겠습니까?"

"그런 마음가짐을 가지고 대무신가를 만나면 무조건 죽습니다. 싸움이 시작되면 어떤 이유건 생각하지 마십시오. 살아남는 것이 바로 승리하는 것입니다."

무사들은 진무성의 주위를 물러서 어느 정도 공간을 만들어 주었다.

이미 기습을 할 것이라는 것을 아는 상황에서 그게 진짜 기습이 될까 싶지만 청년과 진무성의 거리가 너무 가까워 안다고 해도 사실 피하기 어려운 거리임에는 분명했다.

청년은 진무성의 뒤쪽으로 천천히 다가가더니 순간적으로 검의 손잡이에 손을 댔다.

하지만 그는 검을 뽑지도 못했다. 어느새 튀어나온 창이 검을 잡은 그의 손등을 찌르고 있었던 것이다.

주위에서 보고 있던 무사들의 눈은 경악과 어리둥절이 혼합된 모습을 보였다. 보이지 않던 긴 창이 어디서 나타났으며 청년의 검으로 손이 가는 순간을 놓치지 않고 손등을 창끝으로 정확히 찌른 것은 또 어떻게 된 것인가…….

아예 손등이 창에 찔려 피라도 흘렸다면 오히려 덜 놀랐을 수도 있었다. 그러나 놀랍게도 창끝은 조금의 상처도 없이 청년이 검을 뽑을 수 없을 정도로만 살짝 찌르고 있었다.

그것은 매우 간단한 동작이었지만 무공을 아는 모두에게는 신기로 보일 정도로 놀라운 절기였다.

"검으로 손이 가는 것을 상대가 아는 순간 죽는 것은 본인이 됩니다. 이제 제 앞으로 가십시오."

청년은 놀라움을 침을 꿀꺽 삼키며 그가 시킨 대로 진무성의 앞에 섰다. 진무성은 여전히 식탁에 앉아 있는 상태였다.

"저를 공격해 보십시오."

청년은 말없이 검을 뽑아 들고는 진무성을 향해 겨누었다. 뛰어난 무재로 무림맹의 수련 방식에 불만이 있던 그는 진무성을 보자 자신도 모르게 호승심이 올라와 일을 벌인 터였다.

그러나 단 한 수로 이미 호승심은 사라져 버린 지 오래였다.

"싸울 때 중요한 것은 마음가짐입니다. 상대가 강하다

하여 이길 수 없다는 마음을 가진다면 절대 이기지 못합니다. 하지만 이길 수 있다는 마음으로 싸움을 하면 단일 할이라도 살아날 수 있는 가능성이 생깁니다."

진무성은 그의 지금 마음 상태를 짐작한 듯 말했다.

"감사합니다!"

청년은 진무성이 자신에게 조언을 해 주었다는 것을 알자 인사를 하고는 그대로 검을 진무성을 향해 내려쳤다.

챙!

더욱 경악할 상황이 벌어졌다.

청년의 검이 또다시 불쑥 튀어나온 진무성의 창에 의해 막힌 것이다. 그런데 그게 그냥 막힌 것이 아니라 청년의 검날을 진무성의 창끝이 막아 낸 것이었다. 심지어 청년은 검은 창날에 붙은 듯 떨어지지 않았다.

"검날과 창끝이 부딪칠 확률은 없습니다. 절대 창끝으로 검날을 막을 수 없다는 말이지요. 하지만 검이 공기를 가르며 내려올 때는 가능합니다. 갈라지는 공기 사이로 창끝을 집어넣으면 되니까요. 쾌검은 빠르지만 더 빠른 사람에게는 허무하게 무너집니다. 그래서 변식을 가미하지요. 소협의 검은 강하고 빠르나 공격의 범위가 단순합니다. 변식 위주의 수련을 더 하시는 것이 좋겠습니다."

순식간에 이 초가 지났다. 삼 초가 굳이 필요할 까 싶은 정도로 실력의 차이가 드러났지만 진무성은 아랑곳하지 않고 몸을 일으켰다.

"마지막 초식은 제가 공격을 할 겁니다."

진무성이 창끝을 청년에게 향했다.

"창끝이 보이십니까?"

"보, 보입니다."

진무성이 창을 살짝 움직였다.

"창끝이 보이십니까?"

청년의 눈이 흐릿해졌다. 갑자기 창끝이 자신의 전신을 노리는 것처럼 느껴지기 시작했다.

"여, 여러 개로 보입니다."

"창끝이 보이십니까?"

청년은 이번에는 답을 하지 못했다. 진무성의 창끝이 이미 그의 목을 찌르고 있었기 때문이었다.

"좋은 무재를 가지고 계십니다. 오늘 저와의 비무에서 도움이 있기를 바랍니다."

진무성의 창이 사라지자 잠시 조용하던 사방에서 환호성이 터져 나왔다.

"오늘 여러분들과 만남은 정말 즐거웠습니다. 오늘 식사도 아주 맛있었고요. 다음에 또 이런 기회가 오기를 바라겠습니다."

말을 마친 진무성이 포권을 하고 식당을 떠났지만 환호성은 여전히 그치지 않았다.
 그리고 비무를 한 청년은 그를 향해 넙죽 엎드려 바닥에 머리를 대며 결심하고 있었다.
 '제 마음의 사부님으로 평생 존경하겠습니다.'
 그 청년은 무림의 유명한 대협으로 성장하지만 그건 멋 훗날의 일이었다.

　　　　　　　　＊　＊　＊


 "가주님, 제가 감히 가주님의 결정에 이의를 제기하는 것은 아닙니다. 다만 이번 명령은 너무 이해가 되지 않습니다."
 대무신가에서 사공무경에게 한마디 의문이라도 물어볼 수 있는 사람은 초인동주인 사공무일이 유일했다.
 "뭐가 이해가 안 된다는 것이냐?"
 "창귀는 지금 공공연히 대무신가를 주적으로 공표하고 반드시 없애겠다고 천명을 하고 군림맹까지 조직을 했습니다. 그런데 그를 도와 무림 최고의 영웅을 만들라고 하시니 초인동 간부들은 물론 대무신가의 가솔들도 지금 어찌할 바를 모르고 우왕좌왕하고 있습니다."

사공무일의 말에 사공무경은 잠시 생각하더니 수정을 깎아 만든 듯한 관들이 늘어서 있는 장소로 천천히 걸어갔다.

검붉은 액체 속에 담겨 있는 사람들.

"이들이 누구냐?"

"구마종님들과 마신 사자님이십니다."

"나는 수십 년에 걸쳐 천기를 보며 이들을 구해 왔다. 그리고 이들을 강하게 하기 위해 수련을 하거나 외유를 보낼 때를 빼면 언제나 영초액에 담아 그들의 무공을 극대화시켰다."

"가주님의 노고를 어찌 모르겠습니까?"

"한 명, 한 명이 중원의 십대고수들을 능가할 것이라고 믿었던 구마종이 무려 넷이나 죽었고 구마종의 진전을 이어 수련을 하던 구 단계 초인이 열 명이나 희생됐다."

"그러니까 창귀 그놈을 반드시 죽여야 하지 않겠습니까?"

"창귀란 놈은 몇 년 전만 해도 일개 군졸에 불과했다. 무공조차 배운 적이 없었다. 그런데 수십 년을 키운 나의 창조물들이 겨우 몇 년 무공을 배운 놈에게 죽었다. 넌 궁금하지 않느냐?"

"무엇이 말입니까?"

"마노야가 도대체 어떤 안배를 해 놓았기에 나도 구현하지 못한 그런 엄청난 괴물 같은 놈을 만들어 냈을까? 마노야는 이제 더 이상 없고 마노야가 준비했다는 안탕산은 아무것도 남아 있는 것이 없다고 했다. 그렇다면 그 방법을 아는 놈은 창귀 그놈밖에 없다. 난 내가 하지 못한 것을 누군가 해내면 그것을 반드시 알아내야 직성이 풀린다."

"그렇다면 그놈을 생포해 오는 방법을 구상해야지 않겠습니까? 그놈을 영웅으로 만들어 주면 생포하기가 더 어렵지 않겠습니까?"

그러자 사공무경은 가장 안쪽에 있는 관으로 갔다. 관 속에는 완전히 시커먼 액체로 가득 담겨 있어 안에 무엇이 있는지 보이지 않았다.

"여기에 누가 있다고 생각하느냐?"

"……그 관만은 저도 건드리면 안 되는 것인지라……."

그 관 안에도 사람이 있음은 분명했다. 그리고 사공무경이 다녀간 후 그 관에서 떨어진 것으로 추측되는 검은 액체가 바닥에 떨어져 있는 것으로 미루어 사공무경이 왔을 때에 한해서 관 안에 있는 인물이 모습을 드러낸다는 것은 짐작하고 있었다.

"내가 혼신의 힘을 기울여 창조한 보물이다. 이것을 만들기 위해 난 정말 긴 시간을 보냈다."

 사공무경은 검은 액체 속에 있는 인물에 대해 대단한 애착을 가지고 있음을 분명했다.

 "그런데 나의 최고의 창조물보다 더 뛰어난 것이 나타났다. 난 그놈이 최고의 정점에 섰을 때 그놈을 내 소유로 만들 생각이다."

 놀랍게도 사공무경은 진무성을 정파 최고의 영웅으로 만든 후에 그를 굴복시킬 생각을 하고 있는 것이었다. 그런데 그의 말에 좀 특이한 단어가 있었다.

 그는 굴복이니 제압이니 하는 말을 사용하지 않고 소유란 단어를 사용했다. 그냥 그러려니 하고 넘어갈 수도 있지만 사공무경이 의미하는 것은 분명 보통 사람들이 생각하는 것과는 다른 것이 분명해 보였다.

 담담하게 느껴지는 그의 말 속에는 무언가 세상을 발칵 뒤집을 수준의 비밀이 담겨져 있는 듯했다.

 그만큼 담담한 어조와 달리 그의 눈에는 광기과 현묘함이 뒤섞여 있었다.

* * *

 식당에서의 일어난 일에 대해 이미 보고를 받은 맹주단

원로들의 표정은 그리 좋지는 않았다.

 진무성과 친하게 지냈다는 것이 문제가 아니라, 무림맹의 규율을 단체적으로 어겼다는 점이 원로들의 심기를 흔든 것이다.

 정파에서 그런 식의 방종은 있을 수도 없었고 있어서도 안 되기 때문이었다.

 하지만 벌을 주기에는 그 수가 너무 많았고 더욱이 진무성이 끼어 있으니 죄를 물었다가는 진무성을 무시한 모양새가 되니 그것도 쉽지 않은 일이었다.

 "진 문주님께서 오셨습니다."

 심각한 표정으로 앉아 있던 원로들은 진무성이 도착했다는 말에 표정을 풀며 모두 일어섰다. 맹주단의 원로들이 모두 일어서서 그를 맞는다는 것은 진무성의 위상이 거의 하후광적에 맞먹을 정도로 높아졌음을 상징적으로 보여 주는 모습이었다.

 "다행히 어르신들과의 만남을 가질 수 있게 되었습니다. 저로서는 너무 다행스럽고 좋습니다."

 안으로 들어선 진무성은 모두에게 포권을 하며 대화의 기회를 갖게 된 것에 대해 고마움을 표했다.

 "아미타불! 저희도 진 시주와 대화를 나누게 되어 매우 기쁘게 생각합니다. 맹주님과의 대화는 잘 풀리신 모양입니다."

"잘 풀릴 것이 무에 있겠습니까? 제가 맹주님께 많은 가르침을 받았을 뿐입니다. 너무 좋은 말씀을 많이 해 주셔서 제가 어찌할지 모를 정도로 감지덕지(感之德之)했습니다."

"맹주님께 군림맹을 창맹한 이유에 대해서도 설명은 하셨습니까?"

점창파의 도율성의 질문에 잠시 대화가 멈췄다. 아직 제대로 대화가 시작되지도 않았는데 민감한 주제를 너무 단도직입적으로 물은 때문이었다.

하나, 진무성은 이미 그에 대한 답을 준비하고 있었다는 듯 미소를 지으며 말했다.

"문파를 개파할 때 무림맹의 허락을 받아야 하는 것은 아니라는 답을 들었습니다. 그리고 백여 개가 넘는 문파가 소속되어 있는 무림맹에서 겨우 세 개의 문파로 이루어진 군림맹에 대해 신경이 쓰시겠습니까? 저는 군림맹에 대한 것은 어르신들도 크게 신경을 쓰지 않으셔도 될 일이라고 봅니다."

"군림맹을 창맹하면서 마교로 추정되는 대무신가를 상대하기 위해서라고 했지 않소? 마교에 대한 대비는 전적으로 무림맹을 중심으로 이루어져 왔는데 군림맹에서 그렇게 나오면 정파인들 사이에서 어디를 따라야 할지 혼란이 생길 수 있다는 것을 어찌 모르신다는 말이오?"

 진무성은 의미심장한 표정으로 도율성을 쳐다보았다. 그의 말에서 합리적인 상황 판단보다는 그에 대한 적개심을 느꼈기 때문이었다.

 진무성은 즉각 그가 간세일지도 모른다는 생각이 들었다. 하나 그는 모른 척 다시 미소를 지으며 답했다.

 "어떤 문파가 마교와 싸우는 데 앞장을 서려고 할까요? 점창파에서 마교와 맨 앞에서 싸울 때 제자들을 보내 주시겠습니까?"

 "뭐, 뭐요? 지금 노부가 말하려고 하는 것은 그것이 아니지 않소?"

 "그럼 무엇을 말씀하시려는 것인지 요지를 말해 주십시오. 군림맹이 앞장서서 마교와 싸우겠다는 것에 어떤 문제가 있는 것인지요? 설마 마교를 그냥 두고 보기를 바라시는 것이십니까?"

 "아, 아직은 대무신가가 마교라는 증거가 없지 않소? 노부는 확실치 않은 사안을 가지고 마교를 상대한다는 명분으로 군림맹을 만들어 무림의 질서를 흔들려는 진문주의 저의가 무엇인지를 묻는 것입니다."

 "결국 같은 문제로 돌아가는 것 같습니다. 그럼 대무신가가 마교라는 증거를 찾아낼 때까지 그들이 정파를 계속 멸문시키고 있는 지금 상황을 방치하고 있자는 말씀이십니까?"

"혈겁을 일으키고 있는 자들은 지금 무림맹의 무력대에서 쫓고 있소이다."

"그래요? 어떤 무력대가 쫓고 있는지는 아십니까? 그리고 그 무력대가 어떤 단서라도 찾아낸 것이 있습니까? 그들은 상당히 큰 문파들조차 하룻밤 사이에 멸문을 시킬 정도로 전력이 강합니다. 정파의 정예들이 빠진 무력대가 그들을 찾는다 해도 오히려 모두 전멸을 당하게 되지는 않겠습니까?"

무림맹에서 비상 상황임을 알리고 소집령을 내렸지만 무림맹에 소속된 문파들에서는 정예 무인들을 거의 보내지 않았다. 심지어 정예 무인을 보낸 문파에서조차 그들을 다시 불러들이고 있었다.

수많은 정파들이 멸문을 당하면서 자파의 방어를 먼저 해야겠다는 판단 때문이었다.

"그건 아직 모르는 것이 아니오!"

"점창파에서 마교를 제거하기 위해 점창파의 정예 제자 백 명 정도를 파견해 주겠다고 약속을 해 주시면 저도 이 자리에서 군림맹을 해체하겠다고 약속하겠습니다."

진무성의 이어지는 말에 도율성의 얼굴이 울그락불그락 변하기 시작했다.

백 명의 정예 제자들이라면 점창파의 전력 반 이상을 보내라는 말이나 마찬가지였다.

"어떤 문파도 무력대에 그렇게 많은 제자들을 보내지는 않소이다."

"저희 천의문에서는 마교를 상대하기 위해 제자 삼백 명을 군림맹에 보냈습니다. 천외천궁과 검각 역시 이백 명 이상을 군림맹으로 파견해 주시겠다고 하셨습니다. 마교는 전 무림을 위협하는 악의 집단입니다. 그런데 점창파는 그 정도 제자도 보낼 수 없다고 하시는군요?"

"무어라!"

도율성이 대노한 듯 말하자 진무성이 급히 부언을 했다.

"전 지금 점창파를 비난하는 것이 아닙니다. 아니 오히려 이해합니다. 수백 년 내려온 전통의 문파가 위험해질 수도 있는데 무림맹에 제자들을 그렇게 보낸다는 것은 현실적으로 어려우니까요. 그럼 제가 군림맹을 통해 마교와 전면전을 벌이는 것에 대해서 최소한 반대는 해서는 안 된다고 봅니다."

당신들의 문파에서 제자들을 파견해 마교와 전면전을

할 생각이 아니라면 자신의 일을 방해하지 말라는 최후의 통첩이었다.

그의 마지막 한 방은 모두의 입을 다물게 만들었다.

"전 문주님의 희생 정신을 높이 평가합니다. 군림맹 역시 정파의 일원이고 솔선수범해서 악과 싸우시겠다고 하는데 무림맹의 맹주단이라도 지지를 해 줘야 한다고 생각합니다."

드디어 진무성의 우군들이 나서기 시작했다.

시작은 남궁세가의 남궁지웅이었다.

"맞습니다. 마교가 사라지는 말 군림맹은 자동적으로 해체될 것이라고 창맹식에서 말씀하셨습니다. 저희 당가에서도 진 문주에게 지지를 보내겠습니다."

당사명이 거들자 이번에는 개방의 구지신개가 부언했다.

"개방에서는 이번 정파들의 혈겁의 배후에 대무신가가 있다는 심증을 가지고 있습니다. 대무신가가 마교라는 증거는 아직 없지만 마교만큼 위험한 집단이라는 것은 분명하다고 생각합니다. 진 문주님께서 앞장서서 그들을 없애겠다고 하시는데 무림맹의 맹주단에서 무림맹을 두고 또 맹을 만들었다는 중요하지 않은 명분으로 그것을 막는다는 것은 어불성설입니다. 저희 개방에서는 무림맹에 소속이 되지 않은 제자들을 군림맹에 보내 도움을 주기로 이미 결정을 했습니다."

도율성이 포문을 열고 그를 지지하는 아니, 진무성을 배척하는 세력들이 나설 생각이었지만 도율성이 오히려 밀리고 진무성에 우호적인 세력들이 편을 들고 나서자 맹주단의 분위기는 일거에 변하기 시작했다.

특히 진무성과 특별히 척을 지지 않았음에도 그냥 질시해서 반대했던 세력들은 즉각 꼬리를 말았다. 진무성과 사이가 나빠지는 것이 궁극적으로 자파에 이득이 되지 않는다고 판단한 것이다.

한바탕 바람이 지나가자 분위기가 화기애애하게 변했다. 맹주단 전체를 상대로 진무성이 완벽하게 승리를 한 것이었다.

부드러운 분위기 속에 여러 덕담이 섞인 대화가 반 시진 가까이 더 이어졌지만 더 이상 정치적인 문제는 대화에서 사라져 버렸다.

"그럼 전 이만 가 보겠습니다. 오늘 어르신들 덕분에 너무 많은 것을 얻었습니다. 감사합니다."

대화가 끝나고 진무성은 여전히 공손하게 인사를 하고는 그 자리를 떴다.

'아미타불! 고해 사숙께서 예지했다는 무림의 구성이

저자일까?'

 일 년 전 성불로 불리는 고해신승이 천기에서 천하의 혈겁의 조짐이 있다는 말을 들은 후, 소림사에서는 그동안 알게 모르게 대비를 하고 있었다.

 그런데 얼마 전, 고해신승은 또 다른 예언을 했었다. 인세에 다시 없는 괴물과 세상을 구할 구성(求聖)이 동시에 나타날 것이라는 예언이었다.

 괴물과 구성.

 천애대사의 뇌리에 그 두 단어가 동시에 스친 것은 우연이었을까……

 분명한 것은 세상에 있어서는 안 될 괴물이 있다는 사실이었다.

(창룡군림 12권에서 계속)